LA SELECCIÓN
HISTORIAS
EL PRÍNCIPE
Y EL GUARDIÁN

KIERA CASS

Traducción de Jorge Rizzo

El príncipe

El príncipe

Rocaeditorial

Título original: *The Prince*
© Kiera Cass, 2013

* * *

Título original: *The Guard*
© Kiera Cass, 2014

Primera edición en este formato: julio de 2015

© de ambas traducciones: Jorge Rizzo
© de esta edición: Roca Editorial de Libros, S.L.
Av. Marquès de l'Argentera 17, pral.
08003 Barcelona
info@rocaeditorial.com
www.rocaeditorial.com

Impreso por Liberdúplex, s.l.u.
Crta. BV-2249, km 7,4, Pol. Ind. Torrentfondo
Sant Llorenç d'Hortons (Barcelona)

ISBN: 978-84-9918-995-6
Depósito legal: B-12.155-2015
Código IBIC: YFB; YFCB

RE89956

Capítulo 1

Caminé arriba y abajo, intentando sacudirme la ansiedad del cuerpo. Cuando la Selección era algo distante —una posibilidad para el futuro— parecía emocionante. Pero ahora…, ahora no estaba tan seguro de que lo fuera.

Ya se había realizado la criba, y se habían comprobado las cifras varias veces. Habían redistribuido al personal del palacio, se habían hecho todos los preparativos de vestuario y las habitaciones para nuestras nuevas invitadas estaban a punto. El momento se acercaba, emocionante y aterrador al mismo tiempo.

Para las chicas, el proceso había empezado en el momento en que habían rellenado sus solicitudes —y debían de haber sido miles las que lo hicieron—. Para mí, comenzaba esa noche.

Tenía diecinueve años. Ya estaba en edad de prometerme.

Me detuve frente al espejo y comprobé de nuevo la corbata. Esa noche habría más ojos de lo habitual puestos sobre mí, y tenía que dar el aspecto del príncipe seguro de sí mismo que todos esperaban. Estaba preparado, así que me dirigí al estudio de mi padre.

Saludé a los asesores y a los guardias con la cabeza. Era difícil imaginar que al cabo de menos de dos semanas aquellos pasillos se llenarían de chicas. Golpeé la puerta con los nudillos, decidido, tal como me había enseñado mi padre. A veces me daba la impresión de que siempre tenía algo que corregirme.

«Llama con autoridad, Maxon.»

«Deja de pasear arriba y abajo, Maxon.»

«Sé más rápido, más listo, mejor, Maxon.»

—Pasa.

Entré en el estudio, y él apenas levantó los ojos para mirarme.

—Ah, por fin. Tu madre llegará enseguida. ¿Estás listo?

—Por supuesto —respondí. No había ninguna otra respuesta aceptable.

Alargó la mano y cogió una cajita. Me la puso delante, encima de su mesa.

—Feliz cumpleaños.

Le quité el papel plateado, que dejó al descubierto una caja negra. En el interior había unos gemelos. Probablemente estaba demasiado atareado como para recordar que ya me había regalado unos en Navidad. Quizás aquello viniera con el cargo. A lo mejor yo también le regalaría a mi hijo lo mismo dos veces cuando llegara a ser rey. Aunque, por supuesto, para eso primero tendría que buscarme una esposa.

Esposa. Jugueteé con aquella palabra entre los labios sin decirla en voz alta. Resultaba demasiado ajena a mi mundo.

—Gracias, padre. Me los pondré hoy mismo.

—Esta noche tienes que ofrecer tu mejor imagen —dijo él, dándose el último repaso ante el espejo—. Todo el mundo estará pendiente de la Selección.

Esbocé una sonrisa tensa.

—Yo también —repuse. No sabía si decirle lo nervioso que estaba. Al fin y al cabo, él había pasado por aquello. En algún momento también habría tenido sus dudas.

Evidentemente, los nervios se reflejaban en mi cara.

—Sé positivo, Maxon. Se supone que esto tiene que ser emocionante.

—Y lo es. Solo que me asombra lo rápido que está sucediendo todo —respondí, concentrado en pasarme los gemelos por los ojales de los puños.

Mi padre se rio.

—A ti te parece que pasa rápido, pero para mí han sido años de preparación.

Levanté la vista, frunciendo el ceño.

—¿A qué te refieres?

La puerta se abrió, y entró mi madre. Como era habitual, a mi padre se le iluminó la cara al verla.

—Amberly, estás imponente —dijo, yendo a recibirla.

Ella sonrió, como siempre hacía, como si no pudiera creerse que la gente se fijara en ella, y le dio un beso.

—No demasiado imponente, espero. No querría robarle el protagonismo a nadie. —Dejó a mi padre, se acercó y me dio un fuerte abrazo—. Feliz cumpleaños, hijo.

—Gracias, mamá.

—Tu regalo viene de camino —me susurró, y luego se giró hacia mi padre—. ¿Estamos listos, entonces?

—Por supuesto —contestó. Le tendió el brazo, ella se agarró a él y yo salí detrás. Como siempre.

—¿Cuánto tiempo falta aún, alteza? —me preguntó un reportero.

La luz de las cámaras de vídeo me calentaba la cara.

—Los nombres se harán públicos este viernes, y las chicas llegarán el viernes siguiente —respondí.

—¿Está nervioso, señor?

—¿Ante la idea de casarme con una chica a la que aún no conozco? No, es algo que hago cada día —respondí, con una mueca, y los presentes soltaron algunas risas.

—¿No le crea tensión, alteza? —preguntó alguien.

Dejé de intentar asociar cada pregunta con un rostro. Me limité a responder en la dirección de donde venía la pregunta, con la esperanza de acertar.

—Al contrario, estoy muy ilusionado.

Muy ilusionado, más o menos.

—Sabemos que hará una elección estupenda, señor —oí, y el flash de una cámara me cegó.

—¡Aquí, aquí! —dijeron otras voces.

Me encogí de hombros.

—No sé. Una chica que se conforme con ser mi esposa desde luego no puede estar en su sano juicio.

La gente se rio de nuevo, y me pareció que aquel era un buen momento para dejarlo.

—Perdónenme, pero tengo a familiares de visita y no quiero ser maleducado con ellos.

Les di la espalda a los reporteros y a los fotógrafos, y respiré hondo. ¿Iba a ser así toda la noche?

Pasé la mirada por el Gran Salón —las mesas cubiertas con manteles azul oscuro, las luces que brillaban con fuerza, realzando el esplendor de la sala— y tuve claro que no había escapatoria. Dignatarios en una esquina, periodistas en otra... No había ningún sitio donde pudiera estar tranquilo. Teniendo en cuenta que yo era el homenajeado, me habría gustado tener algo que decir en todo aquello. Pero no parecía que las cosas funcionaran así.

En cuanto conseguí escapar de la multitud, el brazo de mi padre me rodeó la espalda y me agarró por el hombro. El repentino contacto y su presencia me pusieron tenso.

—Sonríe —ordenó, entre dientes, y yo obedecí, mientras él saludaba en dirección a algunos de sus invitados más distinguidos.

Mi mirada se cruzó con la de Daphne, que había venido de Francia con su padre. Afortunadamente, la fiesta coincidía con un momento en que nuestros respectivos padres tenían que hablar sobre el vigente acuerdo comercial entre ambos países. Al tratarse de la hija del rey de Francia, nuestros caminos se habían cruzado varias veces, y quizá fuera la única persona ajena a mi familia con la que había tratado con cierta asiduidad. Era agradable encontrar un rostro familiar en la sala.

La saludé con la cabeza, y ella levantó su copa de champán.

—No puedes responder a todo con tanto sarcasmo. Eres el príncipe. La gente necesita ver en ti a un líder. —La mano de mi padre me agarraba el hombro con una presión innecesaria.

—Lo siento, padre. Es una fiesta, así que pensé...

—Bueno, pues pensaste mal. Cuando llegue el *Report*, espero que te tomes esto en serio.

Se detuvo y se me puso delante, mirándome con sus ojos grises y firmes.

Sonreí de nuevo, consciente de que era lo que él quería, de cara al público.

—Por supuesto, padre. No sé en qué estaría pensando.

Él dejó caer el brazo y se llevó una copa de champán a los labios.

—Últimamente parece que te pasa mucho.

Me arriesgué a echar una mirada a Daphne y puse los ojos en blanco, con lo que le arranqué una risa. Entendía perfectamente lo que sentía. La mirada de mi padre siguió la trayectoria de la mía hasta el otro extremo de la sala.

—Esa chica siempre tan mona… Lástima que no pueda entrar en el juego.

Me encogí de hombros.

—Es muy agradable. Pero la verdad es que nunca he sentido nada por ella.

—Bien. Eso habría sido una estupidez extraordinaria.

Hice caso omiso de la pulla.

—Además, no veo la hora de conocer cuáles son mis opciones reales.

Mi padre aprovechó el envite y siguió con lo suyo:

—Ya va siendo hora de que tomes decisiones, Maxon. Decisiones importantes. Estoy seguro de que crees que mis métodos son muy severos, pero necesito que te des cuenta de lo importante de tu posición.

Contuve un suspiro. «He intentado tomar decisiones. Pero tú no confías en mí y no me dejas», pensé.

—No te preocupes, padre. Me tomaré muy en serio la tarea de elegir esposa —respondí, esperando que mi tono le diera cierta confianza.

—No se trata únicamente de encontrar a alguien con quien te lleves bien. Por ejemplo, Daphne y tú. Sí, es muy graciosa, pero no valdría para nada —sentenció. Dio otro sorbo a su copa y saludó con la mano a alguien a mis espaldas.

Una vez más, controlé mi reacción. No me gustaba la deriva que estaba tomando la conversación, así que metí las manos en los bolsillos y eché un vistazo al panorama.

—Quizá debería dar una vuelta.

Él me dio permiso con un gesto de la mano, volvió a centrar su atención en la copa y yo me alejé rápidamente. Por mucho que lo intentara, no entendía el porqué de todo aquello. No tenía ningún motivo para ser maleducado con Daphne, cuando ella ni siquiera era una opción.

El Gran Salón bullía de actividad. La gente me decía que toda Illéa estaba esperando aquel momento: la emoción de tener una nueva princesa, la esposa del príncipe y futuro rey... Por primera vez, sentí toda aquella energía y me preocupó la posibilidad de que acabara aplastándome.

Estreché manos y acepté educadamente regalos que no necesitaba. Le pregunté a uno de los fotógrafos por su objetivo y besé mejillas de familiares y amigas, y también las de unas cuantas completas desconocidas.

Por fin conseguí quedarme solo un momento. Eché un vistazo a la multitud, seguro de que pronto me saldría alguna obligación. Mis ojos se cruzaron con los de Daphne, y ella se dirigió hacia mí. Yo no veía el momento de disfrutar de una conversación distendida, pero eso tendría que esperar.

—¿Te diviertes, hijo? —preguntó mi madre, que se cruzó en mi camino.

—¿Da la impresión de que me divierto?

—Sí —repuso ella, pasándome la mano por el traje, que ya estaba impecable.

Sonreí.

—Pues eso es lo que importa.

Ladeó la cabeza mostrándome una sonrisa amable.

—Ven conmigo un segundo.

Le tendí el brazo, al que se sujetó encantada, y los dos salimos al pasillo entre los clics de las cámaras.

—¿No podemos hacer algo más íntimo el año que viene? —pregunté.

—No creo. Para entonces lo más probable es que ya estés casado. Probablemente tu esposa querrá montar una gran celebración, en ocasión de tu primer cumpleaños a su lado.

Fruncí el ceño, algo que podía hacer ahora que estábamos solos.

—A lo mejor a ella también le gustan las cosas tranquilas.

Ella soltó una risita.

—Lo siento mucho, cariño, pero cualquier chica que se presente a la Selección desde luego no será de las que buscan tranquilidad.

—¿Tú no lo eras? —pregunté. Nunca hablábamos de cómo había llegado ella al palacio. Era una extraña línea divisoria entre nosotros, pero a mí me fascinaba: yo había crecido allí, pero ella había decidido venir.

Se detuvo y se me puso delante, con una expresión cálida en la cara.

—Me enamoré del rostro que vi en televisión. Soñaba despierta pensando en tu padre, al igual que miles de chicas sueñan contigo.

Me la imaginé como la jovencita de Honduragua que debía de ser, con el pelo recogido en una trenza mientras veía la televisión. Me la imaginaba suspirando cada vez que intentaba hablar.

—Todas las chicas sueñan con ser princesas —añadió—. Que de pronto les cambie la vida y llevar una corona… Es todo lo que podía pensar la semana antes de que escogieran los nombres de las finalistas. No me daba cuenta de que era mucho más que eso. —De pronto se puso un poco triste—. No podía ni imaginarme la presión a la que me vería sometida, ni la poca intimidad que tendría. Aun así, casarme con tu padre y tenerte a ti —añadió, acariciándome la mejilla— supone ver cumplidos todos esos sueños.

Se me quedó mirando fijamente, sonriendo, pero vi que las lágrimas se le acumulaban en las comisuras de los párpados. Tenía que hacer que siguiera hablando.

—¿Así que no te arrepientes de nada?

Negó con la cabeza.

—De nada. La Selección me cambió la vida, y del mejor modo posible. De eso es de lo que quería hablarte.

Hice una mueca.

—No estoy seguro de entenderte.

Ella suspiró.

—Yo era una Cuatro. Trabajaba en una fábrica. —Estiró las manos—. Tenía los dedos secos y agrietados, y la suciedad se me acumulaba bajo las uñas. No contaba con influencias ni estatus, nada que me hiciera digna de convertirme en princesa…, y, sin embargo, aquí estoy.

Me la quedé mirando, no muy seguro de qué quería decir.

—Maxon, este es mi regalo: te prometo que haré todos los esfuerzos posibles para ver a esas chicas a través de tus ojos. No desde la mirada de una reina, ni siquiera con los ojos de tu ma-

13

dre, sino de los tuyos. Aunque la chica que elijas sea de una casta muy baja, aunque los demás piensen que no vale nada, siempre escucharé tus motivos para quererla. Y haré todo lo que pueda por apoyarte.

Tras una pausa, lo comprendí:

—¿Padre no tuvo esa ayuda? ¿No contaste tú con ella?

Mamá levantó la cabeza.

—Todas las chicas tendrán sus pros y sus contras. Ciertas personas decidirán subrayar lo peor de algunas y lo mejor de otras, y no serás capaz de entender su estrechez de miras. Pero yo estaré a tu lado, cualquiera que sea tu elección.

—Siempre lo has estado.

—Es verdad —dijo ella, cogiéndome del brazo—. Y ya sé que muy pronto voy a quedar en segundo plano tras otra mujer, como es natural, pero mi amor por ti no cambiará nunca, Maxon.

—Ni el mío por ti —respondí, esperando que notara la sinceridad de mis palabras. Era imposible que dejara de adorarla.

—Lo sé. —Y, con un leve gesto de la cabeza, indicó que debíamos volver a la fiesta.

Cuando entramos en la sala, entre sonrisas y aplausos, me quedé pensando en las palabras de mi madre. Era increíblemente generosa, más que cualquier otra persona que conociera. Aquel era un rasgo que debía hacer mío. Si aquel era su regalo, seguro que sería más necesario de lo que a priori parecía. Mi madre nunca hacía un regalo sin pensárselo antes.

Capítulo 2

*L*a gente se quedó mucho más rato de lo que yo habría considerado apropiado. Supuse que aquel sería otro sacrificio inherente al privilegio: nadie quería que una fiesta celebrada en el palacio acabara. Aunque la gente que vivía allí deseaba justo lo contrario, que terminara cuanto antes.

Había dejado al dignatario de la Federación Germánica, que estaba muy borracho, al cuidado de un guardia; había dado las gracias a todos los asesores reales por sus regalos; y había besado la mano prácticamente de todas las damas que habían atravesado las puertas del palacio. A mi modo de ver, ya había cumplido con mi deber, y solo quería pasar unas horas en paz. Pero cuando me dispuse a escapar de los asistentes rezagados, un par de ojos azul oscuro se interpusieron en mi camino.

—Has estado evitándome —dijo Daphne, con voz juguetona y aquel acento que me hacía cosquillas a los oídos. Siempre hablaba con aquella entonación musical.

—En absoluto. Es que hay algo más de gente de la que me esperaba —respondí, echando la mirada atrás, al puñado de personas que aún pretendían contemplar la salida del sol a través de los ventanales del palacio.

—A tu padre le gusta montar buenos espectáculos.

Me reí. Daphne se refería a cosas que yo jamás me atrevía a decir en voz alta. Y eso a veces me ponía nervioso. ¿Hasta dónde veía en mi interior?

—Creo que esta vez se ha superado.

—Solo hasta la próxima —replicó ella, encogiéndose de hombros.

Nos quedamos allí en silencio, aunque tenía la sensación de que quería decirme algo más. Se mordió el labio y me susurró:

—¿Podría hablar contigo en privado?

Asentí, le ofrecí el brazo y la llevé hasta una de las salas que había siguiendo el pasillo. No dijo nada por el camino, como si estuviera ahorrándose las palabras hasta que las puertas se cerraran a nuestras espaldas. Aunque hablábamos en privado a menudo, aquella manera de actuar me estaba poniendo algo nervioso.

—No has bailado conmigo —dijo, como si estuviera dolida.

—No he bailado con nadie.

Esa vez mi padre había insistido en traer a músicos que tocaran composiciones clásicas. Aunque los Cincos tocaban muy bien, su música se prestaba más a bailes lentos. Quizá, si hubiera querido bailar, habría decidido hacerlo con ella. Pero tampoco era la mejor ocasión, ahora que todo el mundo me hacía preguntas sobre mi futura y misteriosa esposa. Daphne suspiró y empezó a caminar por la sala.

—Me han organizado una cita para cuando vuelva a casa —anunció—. Frederick, se llama. Lo he visto antes, claro. Es un jinete excelente, y muy guapo. Tiene cuatro años más que yo, y ese es uno de los motivos por los que le gusta a papá.

Me miró por encima del hombro, con una leve sonrisa en el rostro. Le respondí con una mueca sarcástica.

—Y claro, sin la aprobación de nuestros padres, no podríamos vivir.

Soltó una risita divertida.

—Por supuesto. No sabríamos qué hacer.

Yo también me reí, contento de tener a alguien con quien bromear. A veces era el único modo de afrontar todo aquello.

—Pero sí, a papá le parece muy bien. Aun así, me pregunto… —Bajó la mirada al suelo, mostrándose tímida de repente.

—¿Qué te preguntas?

Se quedó allí un momento, con la mirada puesta en la alfombra. Por fin levantó la vista y fijó aquellos ojos de un azul profundo en los míos.

—¿A ti te parece bien?

—¿El qué?

—Frederick.

—En realidad no puedo opinar, ¿no? No lo conozco.

—No —dijo ella, bajando la voz—. No la persona, sino la idea. ¿Te parece bien que quede con ese hombre? ¿Y que quizá me case con él?

Su expresión era pétrea, y escondía algo que yo no entendía muy bien. Me encogí de hombros, extrañado.

—No me corresponde a mí dar mi aprobación. Casi no te corresponde ni a ti —añadí, algo triste por ambos.

Daphne se retorció una mano con la otra, como si estuviera nerviosa, o como si le doliera algo. No entendía qué era lo que estaba sucediendo.

—Entonces, ¿no te preocupa nada? Porque si no es Frederick, será Antoine. Y si no es Antoine, será Garron. Hay una colección de hombres esperándome, y con ninguno de ellos tengo la amistad que comparto contigo. Pero con el tiempo deberé tomar a uno de ellos como marido. ¿A ti no te importa?

Aquello era realmente triste. Apenas nos veíamos más de tres veces al año. Y también podría decirse que era mi amiga más próxima. Los dos éramos patéticos.

Tragué saliva, buscando qué decir.

—Estoy seguro de que todo se arreglará.

No obstante, sin previo aviso, las lágrimas empezaron a surcar el rostro de Daphne. Miré a mi alrededor, intentando buscar una explicación o una solución, cada vez más incómodo.

—Por favor, dime que no vas a seguir con esto, Maxon. No puedes —me rogó.

—¿De qué estás hablando? —pregunté, desesperado.

—¡La Selección! Por favor, no te cases con alguna extraña. Y no hagas que yo me case con un extraño.

—Tengo que hacerlo. Es lo que hacen los príncipes de Illéa. Nos casamos con plebeyas.

Daphne se lanzó hacia mí y me agarró de las manos.

—Pero yo te quiero. Siempre te he querido. Por favor, no te cases con otra chica sin preguntarle al menos a tu padre si existe la mínima posibilidad.

¿Que me quería? ¿Desde siempre?

Me quedé sin palabras. ¿Qué podía decir?

—Daphne, ¿cómo…? No sé qué decir.

—Di que se lo preguntarás a tu padre —suplicó, limpiándose las lágrimas—. Pospón la Selección aunque solo sea lo necesario para ver si vale la pena que lo intentemos. O déjame participar a mí. Renunciaré a mi corona.

—Por favor, deja de llorar —murmuré.

—¡No puedo! No puedo, si voy a perderte para siempre —dijo, y hundió la cabeza en las manos, sollozando en voz baja.

Me quedé allí, paralizado y aterrado ante la posibilidad de estropear aún más las cosas. Tras unos momentos de tensión, levantó la cabeza. Habló, con la mirada perdida:

—Tú eres el único que me conoce bien. Y la única persona a la que conozco de verdad.

—Conocerse no es amarse —rebatí.

—Eso no es cierto, Maxon. Los dos tenemos una historia común, y está a punto de romperse. Todo por mantener la tradición. —Tenía la mirada fija en algún punto invisible en el espacio, en el centro de la estancia, y no podía adivinar qué estaría pensando. Era evidente que no se me daba nada bien penetrar en su mente.

Por fin Daphne se giró hacia mí.

—Maxon, te lo ruego, pregúntale a tu padre. Aunque diga que no, al menos habré hecho todo lo posible.

Seguro de no equivocarme, le dije lo que debía:

—Ya lo has hecho, Daphne. No hay más. —Extendí los brazos un momento y luego los dejé caer—. Esto es todo lo que podremos tener nunca.

Se me quedó mirando fijamente un buen rato, consciente como yo de que pedirle a mi padre algo tan fuera de la norma escapaba a mis posibilidades. Noté que parecía contemplar una solución alternativa, pero enseguida se dio cuenta de que no había. Ella se debía a su corona, y yo a la mía, y nuestros caminos nunca se cruzarían.

Asintió y volvió a echarse a llorar. Se sentó en un sofá y se abrazó a sí misma. Me quedé inmóvil, con la esperanza de no causarle más dolor. Habría querido hacerla reír, pero todo aquello no tenía nada de divertido. No me creía capaz de romperle el corazón a alguien.

Y desde luego no me gustaba haberlo hecho.

En ese momento me di cuenta de que aquello se convertiría en algo frecuente. Iba a rechazar a treinta y cuatro mujeres en los meses siguientes. ¿Y si todas reaccionaban así?

Resoplé, exhausto solo de pensarlo.

Al oírme, Daphne levantó la vista. Poco a poco la expresión de su rostro fue cambiando.

—¿No te duele nada de todo esto? ¿Nada de nada? —preguntó—. No eres tan buen actor, Maxon.

—Claro que lo lamento.

Ella se puso en pie y me miró de arriba abajo en silencio.

—Pero no por los mismos motivos que lo lamento yo —murmuró. Cruzó la habitación, con una mirada de súplica en los ojos—. Maxon, tú me quieres.

Me quedé inmóvil.

—Maxon —insistió, con mayor vehemencia—, me quieres. Tú me quieres.

Tuve que apartar la mirada; la fuerza de su mirada me resultaba demasiado intensa. Me pasé una mano por el cabello, intentando decidir qué sentía y ponerlo en palabras.

—Nunca había visto a nadie expresar sus sentimientos tal como lo acabas de hacer tú. No tengo dudas de que cada palabra que has dicho la sientes, pero no puedo hacer eso, Daphne.

—Eso no significa que no sepas lo que sientes. Lo que pasa es que no tienes ni idea de cómo expresarlo. Tu padre puede ser frío como el hielo, y tu madre se encierra en sí misma. Tú nunca has visto a nadie amándose libremente, así que no sabes cómo expresarlo. Pero lo sientes, sé que lo sientes. Tú me quieres tanto como yo te quiero a ti.

Negué con la cabeza, lentamente, temiendo que si pronunciaba una sílaba más provocaría que todo empezara de nuevo.

—Bésame —me pidió.

—¿Qué?

—Bésame. Si puedes besarme y seguir diciendo que no me quieres, no volveré a mencionar esto nunca más.

Me eché atrás.

—No. Lo siento, no puedo.

No quería confesar hasta qué punto lo decía en sentido literal. No tenía ni idea de a cuántos chicos habría besado

Daphne, pero sabía que serían más de cero. Un verano de años atrás, cuando yo estaba de vacaciones en Francia, me había confesado que la habían besado. Así que en eso me ganaba, y desde luego no iba a quedar como un tonto.

Su tristeza se convirtió en rabia, y se apartó de mí. Soltó una carcajada seca, pero su mirada no era divertida en absoluto.

—¿Así que esa es tu respuesta? ¿Es un no? ¿Has decidido dejarme marchar?

Me encogí de hombros.

—Eres un idiota, Maxon Schreave. Tus padres te han saboteado la vida por completo. Podrías tener a mil chicas ante ti, y no importaría. Eres demasiado tonto como para apreciar el amor, aunque lo tengas delante de tus narices. —Se limpió los ojos y se alisó el vestido—. Espero, de corazón, no verte más.

El miedo que me atenazaba el pecho me hizo reaccionar: en el momento en que se marchaba, la agarré del brazo. No quería que desapareciera para siempre.

—Daphne, lo siento.

—No lo sientas por mí —repuso, con voz fría—. Siéntelo por ti. Encontrarás una esposa, porque tienes que hacerlo, pero ya has conocido el amor, y has dejado que se te escape.

Se liberó de mi mano y me dejó solo.

Feliz cumpleaños, Maxon.

Capítulo 3

$\mathcal{D}$aphne olía a corteza de cerezo y almendras. Llevaba el mismo perfume desde los trece años, incluida la noche anterior. Aún sentía el olor, aunque ella hubiera decidido que no quería volver a verme.

Tenía una cicatriz en la muñeca, un rasguño que se había hecho trepando a un árbol cuando tenía once años. Había sido culpa mía. En aquella época, ella no era tan refinada, y la convencí —bueno, de hecho la reté— a hacer una carrera para ver quién subía más rápido a uno de los árboles en un extremo del jardín. Gané yo.

A Daphne le aterraba la oscuridad, y como yo tenía mis propios miedos, nunca me reí de ella por eso. Y ella nunca se rio de mí. Al menos no de las cosas importantes.

Era alérgica al marisco. Su color favorito era el amarillo. Por mucho que lo intentara, era incapaz de cantar, ni que le fuera en ello la vida. Aunque sí sabía bailar, de modo que, probablemente, por eso le decepcionara aún más que no le pidiera un baile la noche anterior.

Cuando cumplí dieciséis años, ella me envió un estuche para la cámara fotográfica como regalo de Navidad. Aunque yo nunca le había dicho que quería deshacerme del que tenía, me gustó tanto que se hubiera dado cuenta de que me hacía falta que enseguida cambié de estuche. Y aún la usaba.

Me estiré bajo las sábanas, girándome hacia donde estaba el estuche. Me pregunté cuánto tiempo habría dedicado a escogerla.

A lo mejor Daphne estaba en lo cierto. Teníamos más historia juntos de lo que yo quería reconocer. Habíamos vivido nuestra relación a través de visitas irregulares y esporádicas llamadas de teléfono, así que nunca había soñado que la cosa fuera a más.

Y ahora ella estaba en un avión, de vuelta a Francia, donde la esperaba Frederick.

Me levanté de la cama, me quité de encima el arrugado pijama y me metí en la ducha. El agua fue llevándose los restos de mi cumpleaños por el desagüe, e intenté limpiar también mi mente de aquellos pensamientos.

Pero no podía olvidarme de lo que ella me había acusado. ¿Realmente no sabía lo que era el amor? ¿Lo había descubierto y lo había desterrado? Y si era así, ¿cómo iba a gestionar la Selección?

Los asesores iban de un lado al otro del palacio, con montones de solicitudes para la Selección, sonriéndome como si supieran algo que yo ignoraba. De vez en cuando, alguno me daba una palmadita en el hombro o me hacía algún comentario para darme ánimo, como si notaran mis repentinas dudas sobre lo único que había dado siempre por sentado, lo único que había esperado en mi vida.

—El lote de hoy promete mucho —decía uno.

—Es usted un hombre afortunado —apuntaba otro.

Pero a medida que iban llegando las solicitudes, lo único en lo que podía pensar yo era en Daphne y en sus cortantes palabras.

Debía estar estudiando las cifras de un informe económico que tenía delante, pero en lugar de eso me dediqué a escrutar a mi padre. ¿Me había saboteado la vida realmente, haciendo que no pudiera llegar a entender lo que significaba una relación romántica? Le había visto relacionarse con mi madre. Quizá no se veía pasión, pero sí había afecto entre ellos. ¿No bastaba con eso? ¿Era eso lo que se suponía que tenía que buscar yo?

Me quedé con la mirada perdida, debatiéndome. A lo mejor mi padre pensaba que, si buscaba más, me costaría mucho más afrontar la Selección. O quizá que me llevaría una decepción si no encontraba algo que me cambiara la vida de un modo radical. Probablemente era mejor que nunca le hubiera mencionado que era justo eso lo que esperaba.

Pero puede que no se lo hubiera pensado tanto. La gente es simplemente lo que es. Mi padre era estricto, una espada afilada bajo la presión que suponía gobernar un país que sobrevivía a constantes guerras y ataques rebeldes. Mamá era como una manta, alguien a quien la vida había suavizado, al criarse sin nada, y que intentaba siempre ofrecerme su protección y comodidad.

Yo sabía que me parecía más a ella. A mí no me importaba, ni mucho menos, pero sabía que a mi padre sí.

De modo que quizás el haber retardado mi capacidad para expresarme era algo intencionado, parte del proceso destinado a endurecerme.

«Eres demasiado tonto como para ver el amor, aunque lo tengas delante de tus narices.»

—Despierta, Maxon.

Reaccioné de pronto y miré hacia el lugar de donde venía la voz de mi padre.

—¿Sí, padre?

—¿Cuántas veces tengo que decírtelo? —preguntó, con voz de hastío—. La Selección consiste en hacer una elección sólida y racional, no es una oportunidad más para soñar despierto.

Un hombre trajeado, que le entregó una carta a mi padre, entró en la estancia, mientras yo recolocaba el montón de papeles, dándole golpecitos contra la mesa.

—Sí, padre.

Leyó el papel, y le miré una vez más.

Quizá.

No.

No, seguro que no. Quería convertirme en un hombre, no en una máquina.

Con un gruñido, arrugó el papel y lo lanzó a la papelera.

—Malditos rebeldes.

Me pasé la mayor parte de la mañana siguiente trabajando en mi habitación, lejos de incómodas miradas. El tiempo me cundía mucho más cuando estaba solo y, si no me cundía, al menos no me reprendían. Aunque aquello no iba a durar mucho, a juzgar por la invitación que acababa de recibir.

—¿Me has llamado? —pregunté, entrando en el despacho privado de mi padre.

—Aquí estás —dijo mi padre, con los ojos bien abiertos y frotándose las manos—. Mañana es el día.

Cogí aire.

—Sí. ¿Tenemos que repasar el formato del *Report*?

—No, no —repuso, posando una mano en mi espalda para que me pusiera en marcha. Erguí la cabeza al momento—. Será bastante simple. Introducción, una charla corta con Gavril y luego emitiremos los nombres y las caras de las chicas.

Asentí.

—Parece… fácil.

Cuando llegamos al otro lado de su mesa, colocó la mano sobre un grueso montón de carpetas.

—Son estas.

Bajé la vista. Miré. Tragué saliva.

—Bueno, unas veinticinco tienen cualidades bastante evidentes; perfectas para una princesa. Familias excelentes o vínculos con otros países que quizá sean de gran utilidad. Algunas de ellas son simplemente guapísimas. —Me dio un codazo pícaro en las costillas, algo nada propio de él, y yo di un paso hacia el lado contrario. Todo aquello no tenía nada de broma—. Por desgracia, no en todas las provincias han surgido candidatas que valieran la pena. Así que, para que parezca que la elección es más aleatoria, hemos usado esas regiones para añadir algo más de diversidad. Verás que también hemos metido algunas Cincos, pero ninguna por debajo de eso. Tenemos que mantener un nivel mínimo.

Dejé que sus palabras resonaran en mi cabeza. Hasta aquel momento había pensado que todo dependía del destino…, pero no, dependía de él.

Pasó el pulgar por el montón de carpetas, haciendo ruido con los bordes de las hojas de papel.

—¿Quieres echar un vistazo? —preguntó.

Volví a mirar el montón. Nombres, fotografías y currículos. Allí estaban todos los detalles básicos. Aun así, estaba seguro de que el impreso de solicitud no preguntaba nada como qué les hacía reír o cuál era su secreto más oscuro. Ahí había recogida una colección de atributos, no de personas. Y las chicas escogidas en función de esas estadísticas eran mi única elección posible.

—¿Las has escogido tú? —le pregunté, levantando la vista de las carpetas y mirándole.

—Sí.

—¿A todas ellas?

—Prácticamente —dijo, con una sonrisa—. Como te decía, hay unas cuantas escogidas para dar espectáculo, pero creo que tienes una selección de chicas muy prometedoras. Mucho mejor que la mía.

—¿Tu padre también las escogió por ti?

—A algunas. Pero entonces era diferente. ¿Por qué lo preguntas?

Recordé sus palabras.

—A eso era a lo que te referías, ¿no? Cuando decías que para ti habían sido años de preparación.

—Bueno, teníamos que asegurarnos de que algunas chicas tuvieran la edad, y en algunas provincias contábamos con diversas opciones. Pero, créeme, te van a encantar.

—¿De verdad?

Como si le importara. Como si todo aquello no fuera más que una maniobra para mayor gloria de la corona, del palacio, para su éxito personal.

De pronto su comentario improvisado diciendo que pensar en Daphne era una pérdida de tiempo adquirió sentido. No le importaba si yo sentía algo por ella, si me parecía encantadora o si su compañía me resultaba agradable; lo único que veía en ella era Francia. Para él no era ni siquiera una persona. Y como básicamente ya había obtenido lo que quería de ese país, a sus ojos resultaba inútil. Aun así, si hubiera tenido algún valor, sin duda habría estado dispuesto a tirar por la ventana aquella entrañable tradición, pero, como no era así, todo el proceso estaba en sus manos.

—No te desanimes —afirmó, con un suspiro—. Pensé que estarías emocionado. ¿No quieres echar un vistazo siquiera?

Me alisé la americana.

25

—Como dices, esto no es para soñar despierto. Las veré cuando las vean todos los demás. Si me excusas, tengo que acabar de leer el borrador de esa enmienda que has escrito.

Me alejé sin esperar a que me diera su aprobación, pero estaba seguro de que mi respuesta sería excusa suficiente para obtenerla.

A lo mejor no era exactamente un sabotaje, pero desde luego me sentía como si hubiera caído en una trampa. ¿Encontrar una chica entre las que él había seleccionado previamente? ¿Cómo iba a poder lograrlo?

Decidí hacer un esfuerzo por calmarme. Al fin y al cabo, él había elegido a mamá, y ella era maravillosa, guapa e inteligente. Pero me daba la sensación de que mi padre no había sufrido tanta injerencia. Y ahora las cosas eran diferentes, o eso decía él.

Entre las palabras de Daphne, la intrusión de mi padre y mis crecientes temores, la Selección empezó a darme más miedo que nunca.

Capítulo 4

*S*olo quedaban cinco minutos para que todo mi futuro se desplegara ante mí, y yo tenía la sensación de que iba a vomitar en cualquier momento.

Una mujer muy amable me estaba secando el sudor de la frente.

—¿Se encuentra bien, señor? —me preguntó, apartando el trapito.

—Solo lamentaba que, con todos los pintalabios que tienen ahí, no hubiera ninguno de mi tono —dije. Mamá lo decía a veces: «no es de mi tono». No estaba muy seguro de qué quería decir.

La maquilladora soltó una risita, y también mamá y la que la maquillaba a ella.

—Creo que estoy bien —le dije, mirándome en los espejos que había en la parte posterior del estudio—. Gracias.

—Yo también —afirmó mamá, y las dos jóvenes se alejaron.

Me puse a juguetear con un contenedor de atrezo, intentando no pensar en los segundos que iban pasando.

—Maxon, cariño, ¿de verdad te encuentras bien? —preguntó mamá, mirándome no directamente, sino a través del reflejo.

La miré:

—Es solo… Es que…

—Ya sé. A todos nos pone muy nerviosos, pero, al fin y al cabo, solo vamos a oír los nombres de algunas de las chicas. Eso es todo.

Aspiré lentamente y asentí. Era una forma de verlo. Nombres. Eso era todo lo que iba a pasar. Darían una lista de nombres, y nada más.

Cogí aire otra vez.

Menos mal que no había comido mucho.

Me giré y me dirigí a mi asiento en el plató, donde ya estaba esperando mi padre.

—A ver si espabilas. Tienes un aspecto horrible.

—¿Cómo lo hiciste tú? —le pregunté.

—Lo afronté con confianza porque era el príncipe. Igual que harás tú. ¿Tengo que recordarte que tú eres el gran premio? —dijo, y volvió a poner cara de hastío, como si fuera algo que ya debía de saber—. Son ellas las que compiten por ti, no al revés. Tu vida no va a cambiar, salvo en que vas a tener que tratar con unas cuantas mujeres sobreexcitadas durante unas semanas.

—¿Y si no me gusta ninguna?

—Pues escoges a la que menos te disguste. Preferiblemente, una que resulte útil. Aunque no te preocupes por eso; yo te ayudaré.

Si esperaba que aquello me sirviera de consuelo, se equivocaba.

—Diez segundos —anunció alguien, y mi madre ocupó su asiento, lanzándome un guiño reconfortante.

—Recuerda sonreír —apuntó mi padre, y se giró hacia las cámaras con gesto tranquilo.

De pronto sonó el himno y alguien empezó a hablar. Sabía que debía prestar atención, pero estaba concentrado en mantener la calma y una expresión de felicidad en el rostro.

No me enteré de gran cosa hasta que oí la voz familiar de Gavril.

—Buenas noches, majestad —dijo. Tragué saliva, hasta que me di cuenta de que se dirigía a mi padre.

—Gavril, siempre es un placer —respondió él; parecía casi mareado.

—¿Esperando el anuncio?

—Sí, claro. Ayer estuve en la sala mientras se extraían algunos de los nombres; todas ellas, chicas preciosas —repuso, con toda naturalidad.

—Así pues, ¿ya sabe quiénes son?

—Solo algunas, solo algunas —mintió, y lo hizo con una facilidad increíble.

—¿Ha compartido su padre esa información con usted, señor? —me preguntó Gavril. Al girarse, el broche con su nombre brilló reflejando la luz de los focos.

Mi padre se volvió hacia mí, recordándome con los ojos que sonriera. Eso hice.

—En absoluto. Yo veré a las chicas al mismo tiempo que todos los demás. —Vaya. Tenía que haber dicho «las señoritas» en lugar de «las chicas». Eran invitadas, no mascotas. Me sequé discretamente el sudor de las palmas de las manos en los pantalones.

—Majestad —prosiguió Gavril, dirigiéndose esta vez a la reina—, ¿algún consejo para las elegidas?

La observé. ¿Cuánto tiempo le habría llevado hacer natural aquella presencia, aquella pose impecable? ¿O había sido siempre así? Ladeó tímidamente la cabeza. Hasta Gavril parecía emocionado.

—Que disfruten su última noche como una chica más. Mañana, pase lo que pase, su vida cambiará para siempre. —Sí, señoritas, la vuestra y la mía—. Y un consejo muy clásico, pero aun así válido: que sean ellas mismas.

—Sabias palabras, mi reina, sabias palabras. Y ahora pasemos a revelar los nombres de las treinta y cinco jóvenes elegidas para la Selección. ¡Damas y caballeros, compartan conmigo la felicitación para las siguientes hijas de Illéa!

Observé los monitores mientras aparecía el escudo nacional, con una ventanita en una esquina donde se veía mi rostro. ¿Qué? ¿Iban a estar enfocándome todo el rato?

Mamá me dio la mano sin que la cámara pudiera captarlo. Cogí aire. Lo solté. Y volví a cogerlo.

No era más que un puñado de nombres. Tampoco pasaba nada. No es que fueran a anunciar el nombre de la elegida.

—La señorita Elayna Stoles, de Hansport, Tres —leyó Gavril de una ficha. Intenté sonreír con más ganas—. La señorita Tuesday Keeper, de Waverly, Cuatro —prosiguió.

Sin perder la sonrisa, ladeé la cabeza hacia mi padre.

—Me estoy mareando —le susurré.

—Tú respira —respondió entre dientes—. Tenías que haber leído la lista ayer. Ya lo sabía yo.

—La señorita Fiona Castley, de Paloma, Tres.

Miré a mamá, que sonrió.

—Muy guapa.

—La señorita America Singer, de Carolina, Cinco.

Oí la palabra «Cinco» y pensé que debía de ser una de las elegidas como descartes por mi padre. Ni siquiera me fijé en la fotografía; había decidido mantener la vista fija por encima de los monitores y sonreír.

—La señorita Mia Blue de Otero, Tres.

Era demasiada información como para absorberla toda. Ya me aprendería sus nombres y sus caras más tarde, cuando todo el país no estuviera mirando.

—La señorita Celeste Newsome de Clermont, Dos. —Levanté las cejas; no es que la viera. Pero si era una Dos, debía de ser alguien importante, así que más valía poner cara de estar impresionado.

—Clarissa Kelley de Belcourt, Dos.

La lista iba avanzando y yo sonreí hasta que me dolieron las mejillas. Lo único en que podía pensar era en lo mucho que significaba aquello para mí —que una parte enorme de mi vida iba a ponerse en su sitio— y que ni siquiera podía disfrutar con ello. Si hubiera sacado los nombres yo mismo de un cuenco en una sala privada y los hubiera visto a solas, antes que ninguna otra persona, aquel momento habría sido muy diferente.

Aquellas chicas eran mías; lo único en el mundo que llegaría a serlo.

Y, por otra parte, no lo eran.

—¡Y ahí las tienen! —anunció Gavril—. Estas son nuestras preciosas candidatas para la Selección. Durante la semana que viene las prepararán para su viaje al palacio, y nosotros esperaremos ansiosos su llegada. Conéctense el viernes que viene y vean una edición especial del *Report* dedicada exclusivamente a conocer más a estas espectaculares mujeres. Príncipe Maxon —dijo, girándose hacia mí—, le felicito, señor. Es un grupo de jovencitas imponentes.

—La verdad es que estoy sin habla —respondí, y era cierto.

—No se preocupe, señor. Estoy seguro de que las chicas ya

se encargarán de hablar más que suficiente cuando lleguen, el viernes que viene. Y ustedes —dijo, dirigiéndose a la cámara— no dejen de vernos para conocer las últimas noticias sobre la Selección en el Canal de Acceso Público. ¡Buenas noches, Illéa!

Sonó el himno, se apagaron las luces y por fin pude relajarme.

Mi padre se puso en pie y me dio una palmadita firme en la espalda.

—Bien hecho. Mucho mejor de lo que me esperaba.

—No tengo ni idea de lo que acaba de ocurrir.

Mi padre se rio, al igual que un puñado de asesores que seguían en el plató.

—Ya te lo he dicho, hijo: tú eres el premio. No tienes por qué estar nervioso. ¿No estás de acuerdo, Amberly?

—Te aseguro, Maxon, que las chicas tienen mucho más de lo que preocuparse que tú —confirmó ella, frotándome el brazo.

—Ahí lo tienes —concluyó mi padre—. Bueno, me muero de hambre. Disfrutemos de una de nuestras últimas comidas en paz.

Me puse de pie y eché a caminar lentamente. Mamá se mantuvo a mi lado.

—No me he enterado de nada —le susurré.

—Te pasaremos las fotografías y las solicitudes para que puedas estudiártelas con calma. Es como conocer a cualquier persona. Enfócalo como si le dedicaras tiempo a cualquiera de tus otros amigos.

—Yo no tengo tantos amigos, mamá.

Ella me lanzó una mirada cómplice.

—Sí, esto es algo cerrado —coincidió—. Bueno, piensa en Daphne.

—¿Qué pasa con Daphne? —pregunté, algo escamado.

Mamá no percibió mi tono.

—Cuenta como amiga, ¿no? Es una chica, y siempre habéis tenido buena relación. Hazte a la idea de que esas chicas también son amigas tuyas.

Volví a mirar hacia delante. Sin darse cuenta, mi madre había calmado un miedo enorme que crecía en mi interior y había avivado otro.

31

Desde nuestra discusión, cada vez que pensaba en Daphne no imaginaba cómo se llevaría con ese tal Frederick, ni le daba vueltas a cómo echaba de menos su compañía. Lo único en lo que podía pensar era en sus acusaciones.

Si hubiera estado enamorado de ella, sin duda tendría la cabeza puesta en su atractivo y sus virtudes. Y a medida que iban pasando la lista de las chicas seleccionadas, habría deseado que su nombre estuviera en ella.

Quizá Daphne tuviera razón y yo no sabía expresar amor. Pero, aunque así fuera, cada vez tenía más claro que no la quería a ella.

En un rincón de mi interior me alegré de saber que no me estaba perdiendo nada. Podía iniciar la Selección desde cero. Pero, por otra parte, tenía algo que lamentar. Si el problema hubiera sido que no sabía interpretar mis emociones, al menos podría presumir de que en algún momento había estado enamorado, y estar seguro de que sabía lo que se sentía. Pero continuaba sin tener ni idea. A lo mejor tenía que ser así.

Capítulo 5

𝒜l final no fui a ver las solicitudes. Tenía muchos motivos para no hacerlo, pero el definitivo fue la convicción de que era mejor que todos empezáramos de cero en el momento de las presentaciones. Además, si mi padre había analizado a cada una de las candidatas con el máximo detalle, ya no me apetecía tanto hacerlo a mí.

Mantuve una distancia cómoda entre la Selección y mi vida... hasta que la Selección se presentó a mi puerta.

El viernes por la mañana iba caminando por la tercera planta y oí las risas de dos chicas en la escalera, en el segundo piso. Una voz alegre dijo:

—¿Puedes creerte que estemos aquí?

Y ambas volvieron a estallar en una risita nerviosa.

Solté una maldición en voz alta y me metí en la primera habitación que encontré, porque me habían insistido una y otra vez en que debía conocer a todas las chicas a la vez, el sábado. Nadie me había dicho por qué era tan importante, pero supuse que tenía algo que ver con el maquillaje y la preparación. Si una Cinco llegaba a palacio sin preparativos previos, bueno..., no creía que tuviera demasiadas posibilidades. A lo mejor era para que todo fuera más justo. Salí discretamente de la habitación en la que me había metido y volví a la mía, intentando olvidar aquel incidente.

Pero entonces, por segunda vez, mientras me dirigía al despacho de mi padre a dejar algo, oí la voz de una chica a la que no conocía, lo cual me provocó una ansiedad que me atravesó el cuerpo. Volví a mi habitación y me puse a limpiar todos los objetivos de mis cámaras meticulosamente y a reorganizar mi equipo. Me busqué entretenimiento hasta la noche, cuando sabía que todas las chicas estarían en sus habitaciones y ya podría moverme libremente.

Era uno de aquellos rasgos que solían alterar tanto a mi padre. Él decía que le ponía nervioso que me moviera tanto. Pero no podía evitarlo: pensaba mejor caminando.

El palacio estaba tranquilo. De no haberlo sabido, no habría podido adivinar que teníamos tanta compañía. Quizá las cosas no fueran tan diferentes si yo no estuviera pensando constantemente en el cambio que suponía.

Mientras recorría el pasillo, me asaltaron todas las dudas que me acechaban. ¿Y si resultaba que no me enamoraba de ninguna de aquellas chicas? ¿Y si ninguna de ellas se enamoraba de mí? ¿Y si mi alma gemela había quedado descartada en favor de alguna chica de su provincia más valiosa para la corona?

Me senté en lo alto de las escaleras y hundí la cabeza entre las manos. ¿Cómo iba a hacerlo? ¿Cómo podría encontrar a alguien a quien amar, que me quisiera, que contara con la aprobación de mis padres y con el favor del pueblo? Eso por no mencionar que fuera lista, atractiva y con talento, alguien que pudiera presentarles a todos los presidentes y embajadores con los que nos fuéramos encontrando.

Decidí olvidar todo aquello y pensar en lo positivo. ¿Y si me lo pasaba estupendamente conociendo a todas aquellas señoritas? ¿Y si todas eran encantadoras, divertidas y guapas? ¿Y si la chica que más me gustara conseguía aplacar a mi padre más de lo que ninguno de los dos nos imaginábamos? ¿Y si mi media naranja se encontraba ahora mismo en palacio, tendida en su cama, esperando conocerme?

Quizás…, quizás aquello acabara siendo todo lo que había soñado, antes de que se volviera demasiado real. Era mi oportunidad para encontrar pareja. Durante mucho tiempo, Daphne había sido la única persona en la que podía confiar; prácticamente nadie podía entender aquel tipo de vida. Pero ahora podía dar la bienvenida a mi mundo a otra persona, y sería mejor que todo lo que había tenido hasta entonces porque… sería mía.

Y yo sería suyo. Seríamos el uno para el otro. Ella sería lo que mi madre era para mi padre: una referencia cómoda, una fuente de calma y seguridad. Y yo podría ser su guía, su protector.

Me puse en pie y empecé a bajar, más seguro de mí mismo. Solo tenía que mantener la mente en eso. Recordar que la Selección tenía que reportarme justo eso: esperanza.

Cuando llegué a la planta baja, en realidad ya tenía una sonrisa en el rostro. No es que estuviera precisamente relajado, pero sí decidido.

—… salir —dijo alguien de forma entrecortada, con una voz frágil que resonaba en el pasillo.

¿Qué estaba pasando?

—Señorita, tiene que volver a su habitación ahora mismo.

Eché un vistazo desde la distancia y a la luz de la luna pude distinguir a un guardia que cerraba el paso a una chica —¡una chica!— que quería salir. Estaba oscuro, así que no le vi bien la cara, pero tenía una brillante melena pelirroja, como hecha de miel, rosas y luz del sol.

—Por favor —insistió ella, cada vez más agitada y temblorosa.

Me acerqué, intentando decidir qué hacer.

El guardia dijo algo que no entendí. Seguí adelante, para enterarme de qué estaba pasando.

—Yo… no puedo respirar —dijo ella, cayendo entre los brazos del guardia, que soltó el bastón para agarrarla. Parecía algo molesto.

—¡Soltadla! —ordené cuando llegué a su altura. Al cuerno las normas. No podía dejar que aquella chica se hiciera daño.

—Se ha desplomado, alteza —explicó el guardia—. Quería salir.

Sabía que los guardias solo intentaban protegernos a todos, pero… ¿qué podía hacer?

—Abrid las puertas —ordené.

—Pero…, alteza…

Me lo quedé mirando muy serio.

—Abrid las puertas y dejadla salir. ¡Ya!

—Enseguida, alteza.

El primer guardia se puso a abrir la cerradura, y yo me

35

quedé mirando a la chica, que se agitaba ligeramente en los brazos del otro guardia, intentando ponerse de pie. Al abrirse la doble puerta, una ráfaga de aquel aire cálido y dulce de Angeles nos envolvió. En cuanto lo sintió en sus brazos desnudos, la chica se puso en pie.

Me dirigí a la puerta y me quedé mirando cómo avanzaba por el jardín, tambaleándose, con los pies descalzos haciendo un ruido sordo sobre la suave grava. Era la primera vez que veía a una chica en bata, y, aunque en aquel preciso momento no hubiera podido decir que aquella jovencita era un modelo de elegancia, resultaba curiosamente atractiva.

Me di cuenta de que los guardias también estaban mirándola, y eso me molestó.

—Vuelvan a sus puestos —dije en voz baja. Ellos se aclararon la garganta y se volvieron a situar de cara al vestíbulo—. Quédense aquí a menos que los llame —ordené, y me dirigí al jardín.

Me costaba verla, pero la oía. Respiraba con dificultad, y casi daba la impresión de estar llorando. Esperaba que no fuera así. Por fin vi que caía sobre la hierba, con los brazos y la cabeza apoyados en un banco de piedra.

No pareció darse cuenta de que me acercaba, así que me quedé allí de pie un momento, esperando que levantara la vista. Al cabo de un rato empecé a sentirme algo incómodo. Me imaginé que al menos querría darme las gracias, así que me dirigí a ella.

—¿Estás bien, querida?

—Yo no soy tu «querida» —me contestó, airada, mientras se apartaba el cabello para mirarme. Aún estaba oculta entre las sombras, pero su pelo brillaba a la luz de la luna que se abría paso entre las nubes.

En cualquier caso, le viera o no el rostro, capté perfectamente la intención de sus palabras. ¿Dónde estaba la gratitud?

—¿Qué he hecho para ofenderte? ¿No te he dado todo lo que has pedido?

Ella no respondió. Apartó la mirada y volvió a echarse a llorar. ¿Por qué las mujeres tenían aquella propensión al llanto? No quería ser maleducado, pero tenía que preguntárselo.

—Deja de llorar, querida. ¿Quieres?

—¡No me llames eso! No me quieres más de lo que puedes querer a las otras treinta y cuatro extrañas que tienes aquí, encerradas en tu jaula.

Sonreí. Una de mis muchas preocupaciones era que aquellas chicas estuvieran pendientes constantemente de presentar su mejor imagen, intentando impresionarme. Temía tener que pasarme semanas para intentar conocer a alguien, convencerme de que era la persona ideal y luego descubrir, tras la boda, que se convertía en una persona diferente que me resultara insoportable.

Y ahí tenía a una a quien no le importaba quién fuera yo. ¡Me estaba regañando!

La rodeé, yendo hacia el otro lado y pensando en lo que había dicho. Me pregunté si mi costumbre de caminar arriba y abajo la molestaría. Si era así, ¿me lo diría?

—Ese planteamiento es injusto. Todas sois importantes para mí. Se trata sencillamente de dirimir a cuál podré llegar a querer más.

—¿De verdad has dicho «dirimir»? —dijo ella, incrédula.

—Me temo que sí. Perdóname. Es producto de mi educación.

Ella murmuró algo ininteligible.

—¿Disculpa?

—¡Es ridículo! —gritó.

Desde luego, tenía carácter. Mi padre no debía de saber mucho sobre esta chica en particular. Desde luego, ninguna con tal carácter habría entrado en la Selección de haberlo sabido él. Tenía suerte de que hubiera sido yo quien hubiera acudido en su ayuda, y no él, o ya la habría enviado de vuelta a casa.

—¿Qué es lo que es ridículo? —pregunté, aunque estaba seguro de que se refería a aquella escena. Nunca había experimentado algo así.

—¡Este concurso! ¡Todo este asunto! ¿Es que nunca has querido a nadie? ¿Así es como quieres escoger esposa? ¿De verdad eres tan superficial?

Aquello me dolió. ¿Superficial? Fui a sentarme en el banco, para que fuera más fácil hablar. Quería que aquella chica, quienquiera que fuera, comprendiera de dónde venía yo, cómo se veían las cosas desde mi perspectiva. Intenté no distraerme ante la vista de su cintura, su cadera y su pierna, incluso de su pie descalzo.

—Entiendo que quizá pueda parecerlo, que todo esto pueda parecer poco más que un entretenimiento barato —dije, asintiendo—. Pero en el mundo en el que vivo estoy muy limitado. No tengo ocasión de conocer a muchas mujeres. Las que conozco son hijas de diplomáticos, y generalmente tenemos muy poco de lo que hablar. Y eso, si es que hablamos el mismo idioma.

Sonreí, pensando en los momentos incómodos que había vivido, en aquellas largas cenas en silencio sentado junto a jovencitas a las que se suponía que tenía que entretener, pero sin poder hacerlo porque los traductores estaban muy ocupados hablando de política. Me quedé mirando a aquella chica, esperando que se riera conmigo de aquello. Pero cuando vi aquellos labios tensos que se negaban a sonreír, me aclaré la garganta y seguí adelante.

—En esas circunstancias —añadí, moviendo las manos nerviosamente—, no he tenido ocasión de enamorarme. —Daba la impresión de que ella no recordaba que en realidad no se me había permitido hacerlo hasta entonces—. ¿Tú sí?

—Sí —dijo ella, y parecía que aquello era, a la vez, motivo de orgullo y de tristeza.

—Entonces has tenido bastante suerte.

Me quedé mirando la hierba un momento. Seguí hablando; no quería que mi embarazosa falta de experiencia fuera el tema de conversación.

—Mi madre y mi padre se casaron así y son bastante felices. Yo también espero hallar la felicidad. Encontrar a una mujer que toda Illéa pueda querer, alguien que pueda ser mi compañera y que me acompañe cuando reciba a los líderes de otros países. Alguien que se haga amiga de mis amigos y que se convierta en mi confidente. Estoy listo para encontrar a mi futura esposa.

Hasta yo notaba la desesperación, la esperanza y el anhelo en mi voz. Las dudas volvieron a aparecer. ¿Y si no había nadie entre todas aquellas chicas que pudiera enamorarse de mí?

No, me dije. Aquello saldría bien.

Volví a mirar a aquella chica de aspecto desesperado.

—¿De verdad que te parece que esto es una jaula?

—Sí —dijo ella, tomando aire. Y, un segundo más tarde, añadió—: Alteza.

Me reí.

—La verdad es que yo me he sentido enjaulado más de una vez. Pero tienes que admitir que es una jaula muy bonita.

—Para ti —replicó ella, escéptica—. Llena tu bonita jaula con otros treinta y cuatro hombres, todos luchando por lo mismo y verás lo bonita que es entonces.

—¿De verdad ha habido peleas por mí? ¿No sabéis todas que soy yo el que escoge? —No sabía si sentirme halagado o preocupado, pero aquello era interesante. A lo mejor si alguna de esas chicas me deseaba de verdad, yo acabaría queriéndola también a ella.

—En realidad no es eso. Se disputan dos cosas —precisó ella—. Unas luchan por ti; otras luchan por la corona. Y todas creen saber qué decir y qué hacer para desequilibrar la balanza.

—Ah, sí. El hombre o la corona. Me temo que hay gente que no distingue una cosa de la otra —le contesté, meneando la cabeza, y fijé la vista en la hierba.

—Buena suerte con eso —dijo ella, divertida.

Pero aquello no tenía nada de cómico. Se confirmaba otro de mis grandes miedos. Una vez más, mi curiosidad me hizo preguntar, aunque estaba seguro de que me mentiría.

—¿Y tú por qué luchas?

—En realidad, yo estoy aquí por error.

—¿Por error? —¿Cómo podía ser? Si se había inscrito y había resultado elegida, y si había venido por propia voluntad...

—Sí. Algo así. Bueno, es una larga historia —dijo. Tendría que enterarme más adelante—. Y ahora... estoy aquí. Y no voy a luchar. Mi plan es disfrutar de la comida hasta que me des la patada.

No pude evitarlo: me dio la risa. Aquella chica era la antítesis de todo lo que había esperado. ¿Aguardaba a que le diera la patada? ¿Había venido por la comida? Para mi sorpresa, aquello empezaba a gustarme. Quizá todo sería tan sencillo como decía mamá, y con el tiempo llegaría a conocer a las candidatas, como había llegado a conocer a Daphne.

39

—¿Tú qué eres? —le pregunté. No podía ser más que una Cinco o una Cuatro, si tanta ilusión le hacía la comida.

—¿Perdón? —preguntó ella, que no entendió mi pregunta.

Yo no quería resultar ofensivo, así que empecé por arriba:

—¿Una Dos? ¿Una Tres?

—Una Cinco.

Ah, así que aquella era una de las Cincos. Sabía que a mi padre no le haría demasiada ilusión que intimara con ella, pero, al fin y al cabo, había sido él quien la había dejado entrar.

—Ah, ya. Bueno, en ese caso la comida quizá pudiera ser una buena motivación para quedarse. —Solté una risita—. Lo siento, no veo bien tu broche con la oscuridad.

Ella agitó levemente la cabeza. Si me preguntaba por qué no sabía ya su nombre, no sabía qué sonaría mejor: si una mentira (que había tenido demasiado trabajo como para memorizar todos los nombres) o la verdad (que estaba tan nervioso con todo aquel asunto que lo había dejado todo para el último momento).

Entonces me di cuenta de que el último momento ya había llegado.

—Me llamo America.

—Bueno, me parece perfecto —dije, con una risa. Solo por el nombre, me resultaba increíble que hubiera superado la criba. Aquel era el nombre de un antiguo país, un territorio terco y viciado que habíamos conseguido reconvertir en un Estado fuerte. A lo mejor mi padre la había admitido por eso: para demostrar que no le tenía miedo ni le preocupaba nuestro pasado, aunque los rebeldes se aferraran a él con tanto ahínco. A mí aquella palabra me daba la impresión de que tenía algo de musical—. America, querida, espero que encuentres algo en esta jaula por lo que valga la pena pelear. Después de esto, no me imagino cómo será verte luchar por algo que quieras de verdad.

Me levanté del banco y me arrodillé a su lado, cogiéndole la mano. Ella se quedó fijándose en nuestros dedos en lugar de mirarme a los ojos, cosa que agradecí. Si lo hubiera hecho, se habría dado cuenta de lo impresionado que estaba al verla bien por fin. Las nubes se apartaron en el momento justo, dejando que la luna iluminara su rostro. Se levantó conmigo, sin ningún temor a mostrarse como era, y estaba preciosa.

Bajo sus gruesas pestañas había unos ojos azules como el hielo que contrastaban con el fuego de su pelo. Tenía las mejillas suaves y ligeramente coloradas de haber llorado. Y sus labios, suaves y rosados, se entreabrieron mientras examinaba nuestras manos.

Sentí un cosquilleo extraño en el pecho, como la luz de una chimenea o la calidez del sol de la tarde. Duró un momento, y el corazón se me aceleró al mismo tiempo.

Me regañé mentalmente. Qué típico, quedarse prendado de la primera chica con la que había tenido ocasión de intimar. Era una locura, demasiado rápido como para que fuera verdad, y aquello puso fin a aquella sensación que tenía en el pecho. En cualquier caso, no quería perderla. El tiempo ya diría si a la larga valía la pena o no. Estaba claro que a America tendría que ganármela, y aquello llevaría su tiempo. Pero empezaría en aquel mismo momento.

—Si eso te hace feliz, puedo decirle al servicio que te gusta el jardín. Así podrás salir por las noches sin tener que ir de la mano del guardia. Aunque yo preferiría que tuvieras uno cerca. —No quería preocuparla hablándole de los frecuentes ataques que sufríamos. Mientras tuviera a un guardia cerca, estaría bien.

—Yo no… No quiero nada de ti —me respondió, apartándose y bajando la mirada al césped.

—Como desees —dije, algo decepcionado. ¿Qué había hecho yo que fuera tan horrible como para que se me quitara de encima? A lo mejor aquella chica era irreductible—. ¿Volverás a entrar pronto?

—Sí —murmuró.

—Pues te dejo, que querrás estar sola. Habrá un guardia junto a la puerta, esperándote. —Quería que se tomara su tiempo, pero tenía miedo de que alguna de las chicas pudiera salir lastimada por cualquier ataque inesperado, aunque fuera esta a la que le parecía desagradar tanto.

—Gracias…, esto…, alteza. —En su voz noté un rastro de vulnerabilidad, y caí en la cuenta de que quizá no se tratara de mí. A lo mejor simplemente estaba sobrepasada por todo lo que le estaba pasando. ¿Cómo podía culparla por eso? Decidí arriesgarme al rechazo una vez más.

—America, querida… ¿Me harás un favor? —dije, cogiéndole la mano de nuevo.

Ella me miró, escéptica. Aquellos ojos tenían algo; era como si estuviera buscando la verdad en los míos, decidida a encontrarla a toda costa.

—Quizá.

Su tono me dio esperanzas, y sonreí.

—No menciones esto a las otras. En teoría se supone que no tengo que conoceros hasta mañana, y no quiero que nadie se moleste. —Solté una risita sin querer, y al momento deseé no haberlo hecho. A veces se me escapaba la risa en los peores momentos—. Aunque no creo que la bronca que me has soltado se pueda considerar una cita romántica, ¿no?

Esta vez fue ella quien sonrió.

—¡Desde luego! —Hizo una pausa y respiró hondo—. No lo diré.

—Gracias. —Debería haberme conformado con aquella sonrisa, debería haberme ido sin más. Pero algo en mí, quizás el que me hubieran educado siempre para la lucha, para salir victorioso de cualquier situación, me decía que diera un paso más. Le cogí la mano, me la llevé a los labios y la besé—. Buenas noches.

Me fui de allí antes de que tuviera tiempo de reñirme o de que yo hiciera alguna tontería más.

Me habría gustado darme la vuelta y ver su expresión, pero si hubiera detectado el mínimo rechazo, no lo habría soportado. Si mi padre hubiera podido leerme la mente en aquel momento, estaría más que disgustado. A aquellas alturas, después de todo, yo tendría que ser más duro.

Cuando llegué a las puertas, me giré hacia los guardias.

—Necesita un momento. Si no ha entrado dentro de media hora, aprémienla amablemente para que lo haga. —Los miré a los ojos, asegurándome de que les había quedado claro—. Sería menester que no mencionaran esto a nadie. ¿Entendido?

Asintieron.

Me dirigí a la escalera principal. Mientras me alejaba, oí que uno le susurraba al otro:

—¿Qué es eso de «menester»?

Levanté la vista al cielo y seguí camino de las escaleras.

Cuando llegué a la tercera planta, entré en mi habitación prácticamente a la carrera. Tenía un enorme balcón que daba a los jardines. No quería salir y que viera que la miraba, pero sí que me acerqué a la ventana y aparté la cortina.

Permaneció allí otros diez minutos, aparentemente más tranquila. Yo me quedé mirando cómo se limpiaba la cara, se sacudía la bata y volvía a entrar. Tuve la tentación de salir al pasillo de la segunda planta para que pudiéramos volver a encontrarnos «por casualidad». Pero me lo pensé mejor. Esa noche estaba disgustada, fuera de sus casillas. Si quería disponer de la más mínima oportunidad, tendría que esperar al día siguiente.

El día siguiente…, con otras treinta y cuatro chicas delante. Desde luego era un idiota por esperar tanto. Me dirigí a mi escritorio y saqué el montón de dosieres sobre las chicas, y me puse a estudiar sus fotos. No sabía de quién había sido la idea de poner los nombres detrás, pero no me ayudaba nada. Cogí una pluma y copié los nombres en la parte de delante. Hannah, Anna… ¿Cómo iba a distinguirlas? Jenna, Janelle, y Camille… ¿En serio? Aquello iba a ser un desastre. Tenía que familiarizarme con ellas. Y luego ir leyendo los broches con sus nombres hasta aprenderlos.

Porque podía hacerlo. Y podía hacerlo bien. Debía demostrar por fin que era capaz de coger la iniciativa, de tomar decisiones. ¿Cómo, si no, iba a confiar la gente en mí cuando fuera rey? ¿Y cómo iba a confiar en mí el rey?

Me centré en las más destacadas. Celeste… Recordaba el nombre. Uno de mis asesores había mencionado que era modelo y me había enseñado una foto suya en bañador publicada en una revista de papel satinado. Es probable que fuera la más sexy de las candidatas, y desde luego eso no iba a ser un inconveniente. Me llamó la atención una tal Lyssa, pero no positivamente. A menos que tuviera una personalidad arrolladora, no tenía ninguna posibilidad. A lo mejor era un poco superficial, pero… ¿tan malo era que lo tuviera claro? Ah, Elise. Por el aspecto exótico de sus ojos, debía de ser la chica que tenía familia en Nueva Asia. Aquel era su único atractivo.

America.

Me quedé mirando su fotografía. Tenía una sonrisa absolutamente radiante.

43

¿Qué era lo que la hacía sonreír con aquella ilusión? ¿Sería yo? ¿Se le habría pasado lo que fuera que sentía por mí? No parecía muy contenta de haberme conocido, pero... al final me había dedicado una sonrisa.

Al día siguiente tendría que empezar de cero con ella. No estaba seguro de lo que buscaba, pero en gran parte era lo que veía en aquella fotografía. Quizá fuera su carácter decidido o su sinceridad, o tal vez la suave piel del dorso de su mano, o su perfume... Pero lo que sí sabía, con meridiana claridad, era que deseaba gustarle.

¿Cómo iba a conseguirlo?

Capítulo 6

*M*e quedé mirando la corbata azul. No. ¿La marrón? No. ¿Tan complicado iba a ser vestirse cada día?

Quería causar una buena primera impresión ante las chicas —y una buena segunda impresión a una de ellas—, y en aquel momento me pareció que todo dependía de escoger la corbata correcta. Suspiré. Aquellas chicas ya me estaban convirtiendo en un tonto.

Intenté seguir el consejo de mi madre y ser yo mismo, con mis defectos incluidos. Cogí la primera corbata que tuve a mano, me acabé de vestir y me eché el cabello hacia atrás.

Salí por la puerta y encontré a mis padres junto a la escalera, conversando en voz baja. Me planteé dar un rodeo para no interrumpirlos, pero mi madre me llamó con un gesto de la mano.

Cuando llegué a su altura, me colocó bien las mangas con la mano y luego se puso a mi espalda, alisándome la casaca.

—Recuerda que ellas están nerviosísimas, y lo que necesitan es que las hagas sentir como en casa.

—Actúa como un príncipe —añadió mi padre—. Recuerda quién eres.

—Tómate tu tiempo para decidir. No hay ninguna prisa —dijo mamá, tocándome la corbata—. Es muy bonita.

—Pero no te quedes con ninguna si ya sabes que no te interesa. Cuanto antes tengamos a las candidatas definitivas, mejor.

—Sé educado.

—Actúa con seguridad.

—Tú háblales.

Mi padre suspiró.

—Esto no es ninguna broma. Recuérdalo.

Mamá alargó la mano y me la puso sobre el hombro.

—Vas a estar fantástico. —Tiró de mí para darme un gran abrazo y volvió a apartarse y a quitarme las arrugas de la ropa con la mano.

—Muy bien, hijo. Adelante —dijo mi padre, indicándome las escaleras.

—Nosotros te esperaremos en el comedor.

Yo ya me estaba mareando.

—Ummm, sí. Gracias.

Me detuve un momento para coger aliento. Sabía que intentaban ayudarme, pero habían conseguido acabar con la poca serenidad que me quedaba. Me dije que se trataba únicamente de saludar a las chicas, que ellas estarían tan interesadas como yo en que aquello saliera bien.

Y entonces recordé que iba a volver a hablar con America. Al menos, sería entretenido. Con eso en la cabeza, bajé las escaleras rápidamente hasta la planta baja y me dirigí al Gran Salón. Respiré hondo y golpeé la puerta con los nudillos antes de entrar.

Allí, más allá de los guardias, esperaba todo el grupo de chicas. Saltaron los flashes de las cámaras, capturando sus reacciones y la mía. Sonreí a aquellos rostros esperanzados, sintiéndome más tranquilo al ver que todas parecían contentas de estar allí.

—Alteza —me dijeron. Me giré y me encontré a Silvia, que levantaba la cabeza tras hacer una reverencia. Casi había olvidado que iba a estar allí, enseñándoles el protocolo, del mismo modo que me había enseñado a mí cuando era más joven.

—Hola, Silvia. Si no te importa, me gustaría presentarme ante estas jóvenes.

—Por supuesto —repuso ella, con una nueva reverencia. A veces resultaba demasiado teatral.

Paseé la mirada por la sala, en busca de aquella melena de fuego. Tardé un momento, ya que me distraían los brillos procedentes de todas las muñecas, orejas y cuellos de la sala. Por fin la encontré, unas filas por delante, mirándome con una expresión diferente a la de las demás. Sonreí, pero ella, en lugar de devolverme la sonrisa, parecía confundida.

—Señoritas, si no les importa —les dije—, las iré llamando una por una para hablar con ustedes. Estoy seguro de que todas están deseosas de desayunar, como yo, así que no les quitaré demasiado tiempo. Les ruego me disculpen si me cuesta aprenderme los nombres; son ustedes bastantes.

Algunas de las chicas soltaron unas risitas contenidas, y me alegró constatar que podía identificar a más de las que creía. Me fui a la jovencita del extremo derecho de la primera fila y le tendí la mano. Ella la cogió con ilusión y nos dirigimos a los sofás que habían colocado específicamente para aquel fin.

Por desgracia, Lyssa no era más atractiva en persona que en la foto. Aun así, se merecía el beneficio de la duda, así que conversamos.

—Buenos días, Lyssa.

—Buenos días, alteza —dijo, con una sonrisa tan amplia que debía de dolerle.

—¿Qué te parece el palacio?

—Es precioso. Nunca he visto nada tan precioso. La verdad es que todo esto es precioso. Vaya, eso ya lo he dicho, ¿no?

Sonreí.

—Está bien. Me alegro de que te guste tanto. ¿A qué te dedicas?

—Soy una Cinco. Todos en mi familia somos escultores. Aquí tienen unas piezas increíbles. Realmente preciosas.

Intenté mostrarme interesado, pero no me despertaba la más mínima curiosidad. Aun así, ¿y si pasaba a alguna de ellas por alto y luego me arrepentía?

—Gracias. Umm, ¿cuántos hermanos tienes?

Tras unos minutos de conversación en los que usó la palabra «precioso» no menos de doce veces, tuve claro que no necesitaba saber nada más de aquella chica.

Era hora de seguir adelante, pero sabía que sería cruel mantenerla allí, sabiendo que no tenía ninguna posibilidad. Decidí que empezaría con una criba allí mismo, en aquel mismo momento. Sería más justo para las chicas, y quizá también impresionara a mi padre. Al fin y al cabo, él mismo me había dicho que quería que empezara a tomar decisiones.

47

—Lyssa, muchas gracias por tu tiempo. Cuando haya acabado con todas, ¿te importaría quedarte un poco más para que pudiera hablar contigo?

Ella se sonrojó.

—Por supuesto.

Nos pusimos en pie, y me sentí fatal al intuir que ella había interpretado aquella petición al contrario de lo que era.

—¿Te importaría decirle a la siguiente que se acerque?

Ella asintió e hizo una reverencia; luego se fue junto a la chica que tenía a su lado, que reconocí inmediatamente como Celeste Newsome. Desde luego habría que tener muy pocas luces para olvidarse de aquel rostro.

—Buenos días, Lady Celeste.

—Buenos días, alteza —contestó, esbozando una reverencia. Tenía una voz almibarada, y enseguida me di cuenta de que muchas de aquellas chicas podrían acabar cautivándome. A lo mejor todas esas preocupaciones sobre la posibilidad o no de enamorarme de ellas no tenían sentido; tal vez el problema acabara siendo que me enamorara de todas y que fuera incapaz de escoger.

Le indiqué con un gesto que se sentara frente a mí.

—Tengo entendido que eres modelo.

—Sí —contestó, encantada al ver que ya me había informado sobre ella—. Sobre todo de ropa. Dicen que tengo buen tipo y que se me da bien.

Por supuesto, al oír aquellas palabras, me vi obligado a mirar el tipo del que hablaba, y desde luego era impresionante.

—¿Te gusta tu trabajo?

—Oh, sí. Es sorprendente cómo la fotografía puede captar un momento particular de algo exquisito.

Aquello me llamó la atención.

—No sé si lo sabías, pero la verdad es que soy muy aficionado a la fotografía.

—¿De verdad? Pues deberíamos organizar una sesión en algún momento.

—Eso sería fantástico. —Ah, aquello iba a ser mejor de lo que pensaba. En apenas diez minutos ya había eliminado a una candidata inviable y había encontrado a alguien con la que compartía una afición.

Probablemente podría haber seguido hablando con Celeste una hora más, pero tenía que acelerar las cosas si quería acabar antes de la hora de comer.

—Querida, siento cortar aquí nuestra conversación, pero tengo que veros a todas esta mañana —me disculpé.

—Por supuesto. —Se puso en pie—. Espero que podamos retomar pronto nuestra charla.

Aquel modo de mirarme… No sabría muy bien cómo definirlo. Me hizo ruborizar, y bajé la cabeza en una leve reverencia para disimularlo. Respiré hondo varias veces y me concentré en la siguiente chica.

Bariel, Emmica, Tiny y otras muchas fueron pasando. Hasta aquel momento, la mayoría eran agradables y educadas. Pero yo esperaba mucho más.

Pasaron cinco chicas más antes de que ocurriera algo interesante. Cuando me levanté a saludar a la morena delgadita que venía a mi encuentro, ella me tendió la mano.

—Hola. Soy Kriss.

Me quedé mirando la mano tendida y me dispuse a estrechársela, pero entonces la retiró.

—¡Oh, vaya! ¡Me he olvidado de hacer la reverencia! —reaccionó, levantándose y meneando la cabeza.

Me reí.

—Me siento tan boba… Lo primero que hago, y lo hago mal —dijo, pero borró aquello con una sonrisa, y la verdad es que fue encantadora.

—No te preocupes, querida —contesté. Con un gesto le indiqué que se sentara—. Ha habido cosas peores.

—¿De verdad? —susurró, contenta de oír aquello.

—No te daré detalles, pero sí. Al menos tú has intentado ser educada.

Abrió más aún los ojos, y echó un vistazo a las chicas, preguntándose quién podría haber sido maleducada conmigo. Fue una buena idea ser discreto y no contarle que la noche anterior alguien me había llamado superficial.

—Bueno, Kriss, háblame de tu familia.

—Es típica, supongo —repuso, encogiéndose de hombros—. Vivo con mi madre y con mi padre; los dos son profesores. Creo que a mí también me gustaría enseñar, aunque

49

hago mis pinitos escribiendo. Soy hija única, y creo que por fin me estoy acostumbrando. Durante años les pedí a mis padres que me dieran un hermano, pero no quisieron.

Sonreí. Era duro estar solo.

—Estoy seguro de que sería porque querían concentrar todo su amor en ti.

Ella soltó una risita.

—¿Es eso lo que le han dicho sus padres, alteza?

Me quedé de piedra. Era la primera que me preguntaba algo a mí.

—Bueno, no exactamente. Pero entiendo cómo te sientes —respondí.

Estaba a punto de seguir con mis preguntas estudiadas, pero ella se adelantó:

—¿Qué tal está hoy?

—Bien. Todo esto me supera un poco —dije, en una muestra de sinceridad quizás algo excesiva.

—Por lo menos usted no tiene que llevar uno de estos vestidos.

50

—Pero imagínate lo divertido que habría sido si lo llevara.

Se le escapó una risa, y yo me reí con ella. Me imaginé a Kriss junto a Celeste: eran polos opuestos. Aquella chica parecía una persona perfectamente íntegra. Se nos acabó el tiempo y yo no había conseguido hacerme una idea completa de cómo era, porque ella no dejaba de centrar la conversación en mí, pero reconocí en Kriss a una persona buena, en el mejor sentido de la palabra.

Pasó casi una hora antes de que le llegara el turno a America. En todo aquel tiempo, desde las primeras chicas hasta llegar a ella, ya había encontrado tres candidatas firmes, entre ellas Celeste y Kriss; estaba seguro de que al público le encantarían. No obstante, la chica que pasó justo delante de ella, Ashley, me decepcionó tan estrepitosamente que me quitó todos aquellos pensamientos de la cabeza. Cuando America se puso en pie y se me acercó, era la única persona que tenía *in mente*.

Tenía un aire travieso en los ojos, fuera buscado o no. Pensé en cómo había actuado la noche anterior, y reconocí en ella a una rebelde.

—America, ¿verdad? —bromeé, mientras se acercaba.

—Sí. Y sé que he oído su nombre en algún sitio, pero... ¿me lo puede recordar?

Me reí y la invité a sentarse.

—¿Has dormido bien, querida? —pregunté, inclinándome hacia ella.

Sus ojos me decían que estaba jugando con fuego, pero en sus labios había una sonrisa.

—Sigo sin ser su querida —respondió—. Pero sí. Una vez que me he calmado, he dormido muy bien. Mis doncellas han tenido que sacarme de la cama. Estaba muy a gusto. —Eso último parecía una confesión, como si fuera un secreto.

—Me alegro de que estuvieras a gusto, querida... —iba a tener que corregir esa costumbre con ella—, America.

Ella apreció mi esfuerzo.

—Gracias. —La sonrisa desapareció de su rostro, y se quedó pensativa, mordiéndose el labio mientras buscaba qué decir—. Siento mucho haberme portado así —dijo por fin, aparentemente ajena a mis miradas—. Cuando me acosté me di cuenta de que, aunque sea una situación extraña para mí, no debería culparle a usted. No es usted el motivo de que yo me vea envuelta en esto, y todo el montaje de la Selección ni siquiera es idea suya. —Era un alivio ver que alguien se había dado cuenta—. Además, yo estaba hundida y usted fue de lo más amable conmigo, aunque yo estuve..., bueno, odiosa. —Meneó la cabeza, como reprochándose algo, y observé que el corazón me latía algo más rápido—. Podía haberme echado anoche, y no lo hizo —concluyó—. Gracias.

Su gratitud me conmovió, pues sabía que era de las que no escondían nada. Eso me llevó a un tema que debía abordar si teníamos que seguir adelante. Me acerqué, apoyando los codos en las rodillas, adoptando un aire más informal y más intenso que con las anteriores.

—America, me has hablado muy claro desde el principio. Eso es una cualidad que admiro profundamente, y voy a pedirte que tengas la amabilidad de responderme una pregunta.

Ella asintió, vacilante.

—Dices que estás aquí por error, así que supongo que no quieres estar aquí. ¿Hay alguna posibilidad de que llegues a... sentir algo por mí?

51

Me dio la impresión de que jugueteaba con los volantes de su vestido durante horas mientras pensaba su respuesta, y quise creer que lo hacía solo por no mostrarse demasiado vehemente.

—Es usted muy amable, alteza —¡sí!—, y muy atractivo —¡sí!—, y detallista. —¡¡Sí!! Sonreí, poniendo cara de tonto, seguro, encantado por que viera algo positivo en mí después de lo de la noche anterior. Después añadió en voz baja—: Pero hay motivos de peso por los que no creo que pudiera.

Por primera vez, agradecí que mi padre me hubiera educado para mantener la compostura. Conseguí responder con serenidad:

—¿Quieres explicármelo?

Ella volvió a dudar.

—Me... temo que mi corazón está en otro lugar —dijo, y los ojos se le llenaron de lágrimas.

—¡Oh, por favor, no llores! —le rogué, susurrando—. ¡Nunca sé qué hacer cuando las mujeres lloran!

Ella se rio por mi inutilidad en ese sentido, y se secó las comisuras de los párpados. Me alegré de verla así, despreocupada y genuina. Por supuesto, había alguien esperándola. Una chica tan auténtica como aquella seguro que tenía a algún jovencito espabilado pendiente de ella. No entendía muy bien cómo había acabado en la Selección, pero la verdad es que aquello no me preocupaba.

Lo único que sabía era que, aunque nunca fuera mía, quería que sonriera.

—¿Querrías que te dejara ir con tu amado hoy mismo? —le ofrecí.

Ella me sonrió, y no fue una sonrisa forzada.

—Ese es el problema... No quiero ir a casa.

—¿De verdad? —Me eché atrás, pasándome los dedos por el pelo, y ella volvió a reírse de mí.

Si no me quería, ni tampoco le quería a él, ¿qué narices quería?

—¿Puedo ser absolutamente honesta con usted?

Por supuesto. Asentí.

—Necesito estar aquí. Mi familia necesita que yo esté aquí. Aunque solo me dejara quedar una semana, para ellos sería una bendición.

Así pues, aunque no luchara por la corona, yo sí tenía algo que ella quería.

—¿Quieres decir que necesitáis el dinero?

—Sí. —Al menos tenía la decencia de avergonzarse—. Y además hay alguien... —añadió, levantando la mirada— a quien no soportaría ver ahora mismo.

Tardé un segundo en encajar todas las piezas. Ya no estaban juntos. Ella aún le quería, pero no le pertenecía. Asentí, ahora que entendía lo que pasaba. Si yo hubiera podido escapar de las presiones de mi mundo por una semana, también lo habría hecho.

—Si tiene la bondad de dejar que me quede, aunque sea un poco, podría ofrecerle algo a cambio —dijo.

Aquello se ponía interesante.

—¿A cambio?

¿Qué diantres podía ofrecerme ella?

Se mordió el labio.

—Si deja que me quede... —Suspiró—. Bueno, a ver, hay que ser realistas: usted es el príncipe. Está ocupado todo el día, gobernando el país y todo eso. ¿Y se supone que va a encontrar tiempo para reducir la búsqueda entre treinta y cinco..., bueno, treinta y cuatro chicas, a una sola? Eso es mucho pedir, ¿no le parece?

Sonaba a broma, pero lo cierto es que había dado con la mayor de mis preocupaciones. Volví a asentir, interesado.

—¿No sería mucho mejor para usted si tuviera a alguien dentro? ¿A alguien que le ayudara? Como... ¿una amiga?

—¿Una amiga?

—Sí. Déjeme quedarme y le ayudaré. Seré su amiga. No tiene que preocuparse por mí. Ya sabe que no estoy enamorada de usted. Pero puede hablar conmigo en cualquier momento, y yo intentaré ayudarle. Anoche dijo que le gustaría tener una confidente. Bueno, hasta que encuentre una definitiva, yo podría ser esa persona. Si quiere.

Si yo quería... No me parecía que pudiera servir de mucho, pero al menos así podría ayudar a aquella chica. Y quizá disfrutaría de su compañía un poco más. Por supuesto, mi padre se quedaría lívido si se enteraba de que iba a usar a una de las chicas con tal propósito..., lo cual hizo que la opción me gustara aún más.

—He hablado con casi todas las chicas de esta sala y no se me ocurre ninguna que pudiera ser mejor como amiga. Estaré encantado de que te quedes.

La tensión de su cuerpo pareció desvanecerse al instante. A pesar de saber que su afecto era algo inalcanzable para mí, no pude evitar sentir la tentación de luchar por conseguirlo.

—¿Tú crees —bromeé— que podría seguir llamándote «querida»?

—Ni hablar —me susurró.

No sabría decir si lo decía en serio o no, pero sonó como un desafío.

—Seguiré intentándolo. No tengo costumbre de rendirme.

Ella puso una mueca, casi de fastidio, pero no exactamente.

—¿Las ha llamado así a todas? —preguntó, indicando con un gesto de la cabeza a las otras.

—Sí, y parece que les gusta.

—Ese es precisamente el motivo por el que no me gusta a mí.

Se puso en pie, poniendo fin a nuestra entrevista, y no pude evitar sonreír de nuevo. Ninguna de las otras chicas había decidido ella misma acabar con la charla. La saludé inclinando un poco la cabeza. Ella me respondió con una reverencia algo forzada y se alejó.

Me quedé sonriendo, pensando en America, comparándola con las otras chicas. Era guapa, aunque quizás algo brusca. Era de una belleza poco común, y estaba claro que ella misma no era consciente de ello. No tenía aquel porte… aristocrático, pero desde luego su orgullo le daba un aire distinguido. Y, por supuesto, no me deseaba en absoluto. Aun así, yo tenía cada vez más claro que quería intentar ganármela.

Y así fue como acabó el primer acto de la Selección, con una concesión a mi favor: si ella seguía allí, al menos tendría la ocasión de intentarlo.

El guardián

Capítulo 1

—Arriba, Leger.

—Es mi día libre —murmuré, cubriéndome la cabeza con la manta.

—Hoy no libra nadie. Levántate y te lo explico.

Suspiré. Normalmente, me hacía ilusión ir a trabajar. La rutina, la disciplina, la sensación del deber cumplido al final del día: todo aquello me encantaba. Pero ese día era diferente.

La fiesta de Halloween de la noche anterior había sido mi última oportunidad. Cuando America y yo estábamos bailando, y ella me habló de lo distante que estaba Maxon, tuve un minuto para recordarle quiénes éramos... Y lo sentí. Los hilos invisibles que nos unían seguían ahí. Quizás hubieran cedido con la tensión de la Selección, pero no se habían roto.

—Dime que me esperarás —le rogué.

Ella no dijo nada, pero yo no perdí la esperanza.

Hasta que él llegó y se le acercó, destilando encanto, riqueza y poder. Se acabó. Había perdido. Fuera lo que fuera lo que Maxon le susurró al oído en la pista de baile, pareció eliminar de un plumazo toda preocupación.

Ella se agarró a él, canción tras canción, mirándole fijamente a los ojos, como solía hacer antes conmigo.

Así que quizá bebiera una copa de más mientras observaba la escena. Y tal vez aquel jarrón del vestíbulo se rompiera por mi culpa. Y puede que acabara mordiendo la almohada para silenciar mi llanto, para que Avery no me oyera.

A juzgar por las palabras de Avery, lo más probable era que

Maxon se le hubiera declarado a America. Así pues, todos debíamos de estar de guardia para el anuncio oficial.

¿Cómo iba a afrontar aquel momento? ¿Cómo se suponía que iba a montar guardia? Maxon iba a regalarle un anillo que yo no podría pagar en la vida, iba a proponerle una vida que yo nunca podría darle…, y, por ello, le odiaría hasta mi último aliento.

Lo observé, con la mirada gacha.

—¿Qué pasa? —pregunté, con la cabeza estallándome a cada sílaba.

—Malas noticias. Muy malas.

Fruncí el ceño y levanté la vista. Avery estaba sentado en su cama, abotonándose la camisa. Nuestras miradas se cruzaron y vi la preocupación en sus ojos.

—¿Qué quieres decir? ¿Qué es tan malo?

Si estaba montando algún drama estúpido por no encontrar los manteles del color que le habían pedido, o algo así, yo me volvía a la cama.

Avery resopló.

—¿Conoces a Woodwork? Ese tan simpático, que sonríe siempre.

—Sí, a veces hacemos la ronda juntos. Es bastante majo —dije. Woodwork antes era un Siete, y los dos habíamos congeniado casi de inmediato: teníamos en común una gran familia y haber perdido a nuestros respectivos padres. Trabajaba duro y estaba claro que se había ganado a pulso su nueva casta—. ¿Por qué? ¿Qué pasa?

Avery parecía impresionado.

—Anoche le pillaron con una de las chicas de la Élite.

Me quedé helado.

—¿Qué? ¿Cómo?

—Las cámaras. Los periodistas estaban tomando imágenes de la gente que se movía por palacio y uno de ellos oyó algo en un vestidor. Lo abrió y se encontró a Woodwork con Lady Marlee.

—Pero es… —a punto estuve de decir «la mejor amiga de America», pero me contuve a tiempo— ¡una locura!

—¿A mí me lo dices? —Avery recogió sus calcetines y siguió vistiéndose—. Parecía un tipo listo. Debió de beber demasiado.

Tal vez, pero lo dudaba. Woodwork era listo. Quería cuidar de su familia tanto como yo quería ocuparme de la mía. El único motivo por el que podía haberse arriesgado a que le pillaran sería el mismo por el que me había arriesgado yo: debía de querer a Marlee desesperadamente.

Me froté las sienes, intentando combatir el dolor de cabeza. No era el momento de sentirse así, ahora que estaba ocurriendo algo tan gordo. Los ojos se me abrieron de golpe cuando comprendí lo que aquello podría significar.

—¿Los van… a matar? —pregunté en voz baja, como si diciéndolo demasiado alto pudiera recordarle a todo el mundo que aquello era lo que les hacían en palacio a los traidores.

Avery sacudió la cabeza, y yo sentí que el corazón me volvía a latir.

—Van a azotarlos. Y las otras chicas de la Élite y sus familias van a estar en primera fila. Ya han colocado las gradas en el exterior de los muros de palacio, así que estaremos todos de guardia. Ponte el uniforme.

Se puso en pie y se dirigió a la puerta.

—Y tómate un café antes de presentarte —dijo por encima del hombro—. Por tu aspecto parece que seas tú al que van a azotar.

Desde la segunda y la tercera planta ya se podía ver más allá de los gruesos muros que protegían el palacio del resto del mundo, así que subí enseguida hasta llegar junto a un gran ventanal en la tercera planta. Vi la tribuna de la familia real y de la Élite, así como la tarima erigida para Marlee y Woodwork. Al parecer, la mayoría de los guardias y del personal de palacio había tenido la misma idea que yo, y saludé con un gesto a los otros dos guardias que había allí de pie, y a uno de los mayordomos, que llevaba el traje recién planchado, pero que tenía el ceño fruncido de la preocupación. En el momento en que las puertas del palacio se abrieron y las chicas y sus familias salieron entre los vítores de la gente, dos doncellas vinieron corriendo desde detrás. Reconocí a Lucy y a Mary, y les hice un hueco a mi lado.

—¿Anne no viene? —pregunté.

—No —respondió Mary—. No le pareció correcto, con todo lo que había que hacer.

59

Asentí. Me pareció muy propio de ella.

Me cruzaba constantemente con las doncellas de America, ya que montaba guardia ante su puerta por la noche, y, aunque siempre intentaba ser profesional en palacio, a veces con ellas el trato era menos formal. Quería conocer a las personas que cuidaban a mi chica; en mi interior, sentía que siempre les estaría agradecido por lo que hacían por ella.

Miré a Lucy y vi que se retorcía las manos, nerviosa. Pese a lo poco que llevaba en palacio, había notado que, cuando estaba tensa, dejaba entrever su ansiedad con una docena de tics distintos. La instrucción para ser guardia me había enseñado a buscar las muestras de comportamiento nervioso en la gente que entraba en palacio, así como a observar a esas personas en particular. Sabía que Lucy no suponía ninguna amenaza; de hecho, cuando la veía agitada, me entraban ganas de protegerla.

—¿Estás segura de que quieres ver esto? —le susurré—. No va a ser agradable.

—Lo sé. Pero le tenía mucho cariño a Lady Marlee —respondió, también en voz baja—. Siento que debo estar aquí.

—Ya no es una *lady* —apunté, convencido de que la relegarían al rango más bajo posible.

Lucy se quedó pensando un momento.

—Cualquier chica que arriesga la vida por un ser amado se merece que se la llame «*lady*».

—Bien visto —respondí, con una mueca cómplice, y observé que sus manos se calmaban y que, por una fracción de segundo, en su rostro asomaba una sonrisa.

Los vítores de la gente se convirtieron en gritos de desprecio en el momento en que Marlee y Woodwork aparecieron trastabillando por el camino de grava y llegaron al espacio abierto frente a las puertas de palacio. Los guardias tiraban de ellos con bastante dureza. Por su manera de caminar, supuse que Woodwork ya había recibido una buena paliza.

No podíamos distinguir las palabras que decían, pero nos quedamos mirando mientras se proclamaban sus delitos al mundo. Me concentré en America y en su familia. May parecía hacer esfuerzos por mantener la compostura, abrazándose el vientre, como protegiéndose. El señor Singer estaba incómodo, pero mantenía la calma. Mer parecía confundida. Ojalá hubiera podido abrazarla y tranquilizarla sin arriesgarme a acabar yo también en el patíbulo.

Recordé cuando tuve que ver cómo azotaban a Jemmy por robar. Si hubiera podido ponerme en su lugar, lo habría hecho sin pensarlo. Al mismo tiempo, me acordé de la inmensa sensación de alivio que sentí al pensar en las veces en que había robado yo mismo y no me habían pillado. Imaginé que aquello mismo debía de sentir America en aquel momento: por una parte, desearía que Marlee no tuviera que pasar por aquello, pero agradecería que no fuéramos nosotros dos.

Cuando empezaron a azotarlos con las varas, Mary y Lucy dieron un respingo, aunque desde nuestra posición no podíamos oír nada más que a la multitud. Entre azote y azote dejaban el tiempo justo para que Woodwork y Marlee sintieran el dolor, pero no para que se prepararan para el siguiente, que hendía aún más la carne viva. Saber hacer sufrir a la gente es todo un arte. Y daba la impresión de que en el palacio lo dominaban.

Lucy se cubrió el rostro con las manos y lloró en silencio mientras Mary la rodeaba con un brazo.

Yo estaba a punto de hacer lo mismo cuando, de pronto, una mancha de cabello rojo me llamó la atención. ¿Qué estaba haciendo? ¿Se estaba enfrentando a aquel guardia?

Sentí que todo en mi interior se rebelaba. Quería salir corriendo hasta allí y hacer que se sentara de un empujón, pero, al mismo tiempo, tenía unas ganas desesperadas de cogerla de la mano y llevármela de allí. Quería reconfortarla y, a la vez, rogarle que parara. No era el momento de llamar la atención.

Me quedé mirando a America, que saltaba la valla, haciendo volar el borde de su vestido. Entonces cayó al suelo y volvió a ponerse en pie; no intentaba refugiarse de aquella pesadilla que se desarrollaba ante sus ojos. Todo lo contrario, tenía la mirada puesta en los escalones que la separaban de Marlee.

En mi pecho, el orgullo libraba una batalla con el miedo que sentía.

—¡Oh, Dios mío! —exclamó Mary.

—¡Siéntese, *milady*! —rogó Lucy, con las manos en el ventanal.

America estaba corriendo, perdió un zapato, pero, aun así, se negaba a rendirse.

Llegó al escalón inferior de la tarima. Sentí que la cabeza me palpitaba de la tensión.

—¡Hay cámaras! —le grité a través del cristal.

Al final, un guardia la agarró y la derribó. Ella luchó, le plantó cara. Yo me quedé observando a la familia real: todos tenían la mirada puesta en aquella chica pelirroja que se revolvía en el suelo.

—Deberíais volver a su habitación —les dije a Mary y a Lucy—. Va a necesitaros.

Ellas dieron media vuelta y salieron corriendo.

—Vosotros dos —les dije a los guardias—, bajad y aseguraos de que no necesitan más protección. Está claro que habrá alguien a quien esto no le gustará.

Los dos hombres se pusieron en marcha, en dirección a la planta baja. Yo quería estar con America, ir a su habitación de inmediato. Pero, en aquellas circunstancias, sabía que convenía ser paciente. Más valía que se quedara a solas con sus doncellas.

La noche anterior le había pedido que me esperara, pensando que quizá volviera a casa antes que yo. Ahora volvía a pensar en aquello. ¿Toleraría el rey aquel comportamiento?

Me dolía todo, mientras intentaba respirar y pensar a la vez.

—Impresionante —comentó el mayordomo—. Qué valentía.

Se retiró de la ventana y volvió a sus quehaceres. Yo me quedé pensando si se refería a los dos que estaban en la tarima o a la chica del vestido sucio. Aún no había conseguido asimilar todo lo que estaba pasando cuando, por fin, acabó el castigo. La familia real se retiró y la multitud se dispersó. Un puñado de guardias se quedaron para recoger aquellos dos cuerpos inertes, que parecían inclinarse el uno hacia el otro, incluso en aquel estado de inconsciencia.

Capítulo 2

*R*ecordaba los días de espera para subir a la casa del árbol; se me hacían interminables: era como si las manecillas del reloj fueran hacia atrás. Ahora era mil veces peor. Sabía que estaba pasando algo malo. Sabía que me necesitaba. Y no podía llegar hasta ella.

Lo máximo que podía hacer era cambiarle el puesto al guardia encargado de vigilar su puerta aquella noche. Hasta entonces, tendría que concentrarme en mi trabajo para no pensar.

Me dirigía a la cocina para desayunar cuando oí la discusión.

—Quiero ver a mi hija. —Reconocí la voz del señor Singer, pero nunca le había oído tan desesperado.

—Lo siento, señor. Por motivos de seguridad, tiene que salir del palacio —le respondió un guardia. Por su voz, debía de ser Lodge.

Asomé la cabeza por la esquina, y vi que, efectivamente, Lodge intentaba calmar al señor Singer.

—¡Pero nos han tenido recluidos desde esa desagradable puesta en escena! ¡A mi hija se la han llevado a rastras y no he vuelto a verla! ¡Quiero verla!

Me acerqué con ademán seguro e intervine:

—Permítame que me ocupe yo, soldado Lodge —dije.

Lodge saludó con un gesto de la cabeza y se apartó. Solía pasarme que, si actuaba aparentando seguridad, la gente me escuchaba. Era simple y efectivo.

Cuando Lodge ya estaba lejos, me acerqué al señor Singer:

—No puede hablar así aquí, señor. Ya ha visto lo que acaba de ocurrir, y eso ha sido solo por un beso y un vestido con la cremallera bajada.

El padre de America asintió y se pasó los dedos por el cabello.

—Lo sé, sé que tienes razón. No me puedo creer que la hicieran asistir a eso. Ni que se lo hicieran ver a May.

—Por si le sirve de consuelo, las doncellas de America la adoran, y estoy seguro de que están ocupándose de ella. No hay informes de que la hayan llevado al pabellón hospitalario, así que no debe de haberse hecho daño. Al menos, no físicamente. Por lo que yo sé —Dios, cómo odiaba tener que decir aquello—, el príncipe Maxon siente cierta debilidad por ella.

El señor Singer esbozó una sonrisa forzada.

—Es verdad.

Tuve que hacer un esfuerzo supremo para no preguntarle qué sabía él al respecto.

—Estoy seguro de que tendrá mucha paciencia con ella, mientras asimila su pérdida.

El padre de America asintió y luego murmuró algo, como si hablara consigo mismo:

—Esperaba más de él.

—¿Perdone?

Respiró hondo e irguió la cabeza.

—Nada —rectificó. El señor Singer miró alrededor, y no pude decidir si estaba impresionado por el palacio o asqueado por su funcionamiento—. ¿Sabes, Aspen?, si le dijera que es lo suficientemente buena para este lugar, no me creería. Y, en cierto modo, es así: es demasiado buena para estar aquí.

—¿Shalom? —El señor Singer y yo nos giramos y nos encontramos con la señora Singer y May, que asomaban tras la esquina, con sus bolsas en la mano—. Estamos listas. ¿Has visto a America?

May se separó de su madre y enseguida fue al lado de su padre. Él la rodeó con un brazo protector.

—No, pero Aspen le echará un ojo.

Yo no había dicho nada en ese sentido, pero prácticamente éramos familia y sabía que lo haría. Por supuesto que sí.

La señora Singer me dio un breve abrazo.

—No sabes lo que me tranquiliza saber que tú estás aquí, Aspen. Eres más listo que todos los otros guardias juntos.

—Que no la oigan decir eso —bromeé, y ella sonrió antes de apartarse.

May vino corriendo, y yo me agaché un poco para ponerme a su altura.

—Toma, unos cuantos abrazos de más. ¿Puedes pasarte por mi casa y dárselos a mi familia por mí?

Ella asintió, sin levantar la barbilla de mi hombro. Esperé a que se separara, pero no lo hizo. De pronto, acercó los labios a mi oído.

—No dejes que nadie le haga daño.

—Jamás.

Me abrazó más fuerte, y yo hice lo mismo, deseando protegerla con todas mis fuerzas de lo que la rodeaba. May y America eran la una para la otra: se parecían más de lo que ellas mismas se imaginaban. Pero May era más tranquila. No tenía nada que la protegiera del mundo; se protegía ella sola. America apenas tenía unos meses más que May ahora cuando empezamos a salir; en esa época, tomó una decisión que la mayoría de las personas mayores que nosotros nunca habría tenido agallas de afrontar. Sin embargo, pese a que America era consciente de lo malo que la rodeaba, de las consecuencias que podrían derivarse de si algo salía mal, May prácticamente pasaba de puntillas por la vida, ajena a las cosas malas.

Me preocupaba que ese día le hubieran robado parte de aquella inocencia.

Por fin me soltó y yo me puse en pie. Le tendí una mano al señor Singer y él me la estrechó.

—Me alegro de que cuente contigo. Es como si tuviera aquí un pedacito de su casa.

Nos miramos el uno al otro, y de nuevo sentí la necesidad de preguntarle qué sabía. Me pregunté si, por lo menos, sospecharía algo. Él me miró sin vacilar y, tal como me habían enseñado a hacer, escruté su rostro en busca de sus secretos. No podía ni imaginarme qué me estaría ocultando, pero no tenía dudas de que había algo.

—Yo la cuidaré, señor.

—Sé que lo harás —respondió él, sonriendo—. Cuídate tú

también. No tengo tan claro que este puesto sea menos peligroso que el frente de Nueva Asia. Queremos que vuelvas a casa sano y salvo.

Asentí. Daba la impresión de que, de los millones de palabras existentes, el señor Singer siempre sabía escoger las justas para hacerte sentir importante.

—Nunca me han tratado con tan malos modos —murmuró alguien, dando la vuelta a la esquina—. Y tenía que ser en palacio.

Todos nos giramos. Parecía que los padres de Celeste tampoco se habían tomado muy bien la orden de marcharse. Su madre arrastraba una gran bolsa y meneaba la cabeza dándole la razón a su marido, al tiempo que se echaba la melena rubia sobre el hombro cada pocos segundos. Daban ganas de acercarse y darle un clip para el pelo.

—Tú, chico —dijo el señor Newsome, dejando las bolsas en el suelo y dirigiéndose a mí—. Ven y coge estas bolsas.

—No es su criado —respondió el señor Singer por mí—. Está aquí para protegerles. Pueden cargar sus bolsas ustedes mismos.

El señor Newsome puso la mirada en el cielo y se giró hacia su esposa.

—No puedo creerme que nuestra niña tenga que tratar con una Cinco —dijo en un susurro, aunque evidentemente lo hacía para que todos lo oyéramos.

—Espero que no se le hayan pegado sus malos modales. Nuestra niña es demasiado buena para tener que tratar con esta basura —añadió la señora Newsome, echándose de nuevo el cabello hacia atrás.

Me quedó claro dónde había aprendido Celeste a sacar las uñas. Aunque tampoco podía esperarse más de una Dos.

No podía apartar la mirada de la expresión de perversa satisfacción del rostro de la señora Newsome, hasta que oí un sonido apagado a mi lado. May estaba llorando pegada a la blusa de su madre. Como si aquel día no hubiera sido ya lo suficientemente duro de por sí.

—Que tengan buen viaje, señor Singer —le susurré.

Él asintió y salió con su familia por la puerta principal. Vi que los coches ya estaban esperando. A America le iba a sentar fatal no haber podido despedirse.

Me acerqué al señor Newsome.

—No se preocupe, señor. Deje sus bolsas aquí mismo, y ya me encargaré de que se las lleven.

—Buen chico —respondió él, y me dio una palmadita en la espalda. Después se recolocó la corbata y se fue con su mujer.

Cuando hubieron salido, me acerqué a la mesa que había junto a la entrada y saqué una pluma del cajón. No podría hacerlo dos veces, así que tuve que decidir a cuál de los dos Newsome odiaba más en aquel momento. Sin duda, era a la señora Newsome, aunque solo fuera por haber hecho llorar a May. Abrí la cremallera de su bolsa, metí la pluma dentro y la partí en dos. Me manché la mano de tinta, pero tenía delante miles de dólares en ropa que me fueron muy bien para limpiármela. Me quedé mirando como subían al coche. Luego metí sus bolsas en el maletero y me concedí una pequeña sonrisa. Pero, aunque destruir parte del vestuario de la señora Newsome me proporcionaba cierta satisfacción, sabía que no la afectaría en absoluto a largo plazo. Sustituiría los vestidos por otros en cuestión de días. May tendría que vivir con aquellas palabras en los oídos para siempre.

Sostuve la escudilla junto al pecho y me puse a comer los huevos y las salchichas con fruición, con ganas de salir fuera. La cocina estaba atestada de guardias y criados que engullían su comida antes de iniciar su turno.

—Él se pasó todo el rato diciéndole que la quería —decía Fry—. Yo estaba junto a la tarima y lo oí todo. Incluso después de que ella se desmayara, él siguió diciéndoselo.

Dos doncellas escuchaban muy atentamente, una de ellas ladeando la cabeza, entristecida.

—¿Cómo ha podido hacerles eso el príncipe? Estaban enamorados.

—El príncipe Maxon es un buen hombre. Simplemente obedecía la ley —respondió la otra—. Pero... ¿todo el rato?

Fry asintió.

La segunda doncella meneó la cabeza.

—No me extraña que Lady America saliera corriendo hacia ellos.

Rodeé la gran mesa y me dirigí al otro lado de la sala.

—Me dio un buen rodillazo —explicó Recen, haciendo una mueca al recordarlo—. No pude evitar que saltara; apenas podía respirar.

Sonreí para mis adentros, aunque lo lamentaba por el pobre hombre.

—Esa Lady America tiene un par de narices. El rey podría haberla puesto a ella en el cadalso por eso.

Un mayordomo joven, de ojos grandes y atentos, parecía tomarse todo aquello como un espectáculo.

Me moví de nuevo, temiendo que se me escapara algún gesto o comentario insensato si oía más cosas de aquellas. Pasé junto a Avery, pero él se limitó a saludar con un gesto de la cabeza. Solo necesitaba verle la expresión de la boca y las cejas para saber que en aquel momento no le interesaba la compañía.

68

—Podía haber sido mucho peor —susurró una doncella.

—Por lo menos están vivos —dijo su compañera, asintiendo.

No podía escapar de allí. Había una docena de conversaciones simultáneas que se solapaban, mezclándose en un único comentario. El nombre de America me rodeaba, estaba en boca de todos. En un momento, hacía que me hinchara de orgullo; sin embargo, al siguiente, me dominaba la rabia.

Si Maxon hubiera sido de verdad un hombre decente, America no se habría encontrado en aquella situación.

Solté otro hachazo sobre la madera, haciendo saltar astillas. Era agradable sentir el sol en el torso desnudo. Además, el acto de destruir algo me ayudaba a liberar la rabia. Rabia por Woodwork y Marlee, por May y por America. Rabia por mí mismo.

Coloqué otro trozo y solté un nuevo hachazo con un gruñido.

—¿Haciendo leña o intentando espantar a los pájaros del nido? —dijo una voz.

Me giré y vi a un hombre mayor a unos metros, tirando de una yegua por las riendas y que vestía con un mono que le identificaba como trabajador externo del palacio. Tenía el rostro arrugado, pero no por ello dejaba de sonreír. Tuve la sensación de que le había visto antes, pero no recordaba dónde.

—Lo siento. ¿He asustado a la yegua?

—No, qué va —dijo él, acercándose—. Pero da la impresión de que estás de mal humor.

—Bueno —respondí, levantando de nuevo el hacha—, hoy ha sido un día duro para todos.

Solté el hachazo y partí el tocón en dos.

—Sí, eso parece —dijo, acariciando a la yegua tras las orejas—. ¿Lo conocías?

Hice una pausa, no muy seguro de querer hablar.

—No mucho. Pero teníamos bastante en común. Me resulta difícil creer que haya pasado algo así, que lo haya perdido todo.

—Bueno, todo se queda en nada cuando quieres a alguien. Especialmente cuando eres joven.

Me quedé mirando a aquel hombre. Resultaba evidente que era un mozo de los establos. Tal vez me equivocara, pero apostaría a que era más joven de lo que aparentaba. Quizás hubiera pasado por algo que le hubiera marcado.

—Ahí lleva razón —concedí. ¿Acaso no estaba yo dispuesto a perderlo todo por Mer?

—Él volvería a correr el riesgo. Y ella también.

—Yo también —murmuré, mirando al suelo.

—¿Qué dices, hijo?

—Nada —respondí. Me cargué el hacha al hombro y agarré otro taco de madera, con la esperanza de que entendiera que no quería seguir hablando.

Pero él, en lugar de eso, se apoyó en el caballo.

—Es normal estar disgustado, pero eso no te llevará a ninguna parte. Tienes que pensar en qué puedes aprender de esto. Hasta ahora, parece que lo único que has aprendido es a asestar golpes a algo que no puede devolvértelos.

Solté un nuevo hachazo y me salió desviado.

—Mire, entiendo que quiere ayudarme, pero es que estoy trabajando.

—Eso no es trabajo. Es un montón de rabia mal dirigida.

—Bueno, ¿y hacia dónde se supone que tengo que dirigirla? ¿Hacia el cuello del rey? ¿Hacia el del príncipe Maxon? ¿O hacia el suyo? —Volví a dejar caer el hacha y esta vez acerté—. Porque no es justo. Ellos siempre se salen con la suya.

—¿Quiénes?

—Ellos. Los Unos. Los Doses.

—Tú eres un Dos.

Dejé caer el hacha.

—¡Yo soy un Seis! —grité golpeándome el pecho—. Bajo cualquier uniforme que me quieran poner, seguiré siendo un chaval de Carolina, eso no va a cambiar.

Él meneó la cabeza, tiró de la brida de la yegua y se dispuso a marcharse.

—Me parece que necesitas una chica.

—Ya tengo una chica —le repliqué mientras se iba.

—Pues ábrete a ella. Estás soltando golpetazos para nada.

Capítulo 3

*D*ejé correr el agua sobre mi cabeza, con la esperanza de que aquel día aciago se fuera con ella por el desagüe. No dejaba de pensar en las palabras del mozo de los establos, y aquello me enfurecía más que todo lo que había pasado.

Ya me abría a America. Sabía por lo que luchaba.

Me sequé y me vestí, tomándome mi tiempo, procurando que la rutina me apaciguara. El uniforme almidonado me envolvió la piel. Al ponérmelo, sentí que me recargaba de energía. Tenía trabajo.

Había un orden establecido y, pasara lo que pasara, Mer seguiría ahí al final del día.

Intenté mantener la concentración mientras me dirigía al despacho del rey, en la segunda planta. Cuando llamé, Lodge abrió la puerta. Nos saludamos con la cabeza y entré en la sala. La presencia del rey no siempre me intimidaba. Entre aquellas cuatro paredes, le había visto cambiar la vida de miles de personas con solo mover un dedo.

—Y censuraremos las grabaciones de las cámaras de palacio hasta nueva orden —dijo mientras un asistente tomaba notas a toda velocidad—. Estoy seguro de que hoy las chicas habrán aprendido una lección, pero dígale a Silvia que trabaje a fondo la compostura. —Meneó la cabeza—. No me puedo ni imaginar qué se le pasaría a esa chica por la cabeza para hacer algo tan estúpido. Era la principal candidata.

«Quizá tu principal candidata», pensé, mientras cruzaba la habitación. Su mesa era ancha y oscura, y me situé en silencio junto a la bandeja donde tenía el correo saliente.

—Asegúrese también de que tenemos vigilada a la chica que salió corriendo.

Agucé el oído y me acerqué más despacio.

El asesor meneó la cabeza.

—Nadie la vio, majestad. Las chicas son muy temperamentales. Si alguien preguntara, siempre puede achacarlo a un momento de tensión.

El rey hizo una pausa y se recostó en la silla.

—Quizás. Incluso Amberly tiene sus momentos. Aun así, esa Cinco nunca me ha gustado. Era un descarte. No debería haber llegado tan lejos.

El asesor asintió, pensativo.

—¿Por qué no la envía a casa sin más? Podría buscarse algún motivo para eliminarla. Seguro que se puede hacer.

—Maxon se enteraría. Vigila a sus chicas como un halcón. Pero no importa —decidió el rey, volviendo a erguir la espalda—. Evidentemente, no está cualificada, y antes o después quedará claro. Nos pondremos agresivos si hace falta. Cambiando de tema…, ¿dónde está esa carta de los italianos?

Le entregué el correo y saludé con una reverencia rápida antes de abandonar el despacho. No estaba seguro de cómo debía sentirme. Quería ver a America lo más lejos posible de las manos de Maxon, pero la manera en que el rey Clarkson hablaba sobre la Selección me hizo pensar que quizás habría algo más allí, algo oscuro. ¿Caería America víctima de uno de sus impulsos? Y si America era un «descarte», ¿la habrían seleccionado a propósito? ¿Para echarla? Si eso era así, ¿habría una chica que desde un principio estaba destinada a ser la elegida? ¿Seguiría allí?

Por lo menos tenía algo en que pensar mientras hacía guardia toda la noche frente a la puerta de America.

Ojeé la correspondencia, leyendo las direcciones de los sobres mientras caminaba.

En el pequeño despacho de correos, tres hombres mayores clasificaban las cartas entrantes y salientes. Había una bandeja con la etiqueta «Selección», llena a rebosar de cartas de admiradores. No estaba muy seguro de qué parte de esas cartas llegarían hasta las chicas.

—Eh, Leger. ¿Cómo va? —me saludó Charlie.

—Podía ir mejor —confesé, dándole el correo en la mano; no quería arriesgarme a que se perdiera en algún montón.

—Todos hemos visto días mejores, ¿verdad? Por lo menos están vivos.

—¿Has oído hablar de la chica que ha salido corriendo en su defensa? —preguntó Mertin, girando sobre su silla—. No está mal, ¿eh?

Cole también se dio la vuelta. Era un tipo bastante callado, que parecía hecho para el despacho de correos, pero hasta él parecía intrigado.

Asentí y me crucé de brazos.

—Sí, lo he oído.

—¿Y qué te parece? —preguntó Charlie.

Me encogí de hombros. Daba la impresión de que, para la mayoría, America había actuado de forma heroica, pero sabía que, si alguien lo decía delante de algún devoto admirador del rey Clarkson, podía meterse en un problema grave. De momento, lo mejor era mostrarse neutral.

—Todo el asunto me parece algo increíble —dije, para dejar que fueran ellos quienes decidieran si era increíblemente bueno o increíblemente malo.

—Desde luego —apuntó Mertin.

—Ahora tengo que irme a hacer mi ronda —dije para concluir la conversación—. Hasta mañana, Charlie —le saludé, y él sonrió.

—Cuídate.

Recorrí el pasillo hasta el almacén para coger mi porra, aunque no le veía mucho sentido. Yo prefería la pistola.

Al tomar las escaleras y llegar al tercer piso, vi a Celeste, que venía en mi dirección. En cuanto me reconoció, su actitud cambió. Daba la impresión de que, a diferencia de su madre, al menos era capaz de sentir vergüenza.

Se me acercó cautelosa y se detuvo:

—Soldado.

—Señorita —saludé, e hice una reverencia.

Su expresión parecía tensa, allí de pie, como si estuviera pensando bien cada palabra.

—Solo quería asegurarme de que tiene claro que la conversación que tuvimos anoche era puramente profesional.

73

Casi me vinieron ganas de reírme en su cara. Sí, solo había apoyado las manos en mi espalda y mis brazos, pero el flirteo había sido evidente. Ella también había estado a punto de jugársela rompiendo las reglas. Y cuando le había dicho que antes de ser guardia era un Seis, me sugirió que me dedicara a hacer de modelo en lugar de seguir en el cuerpo.

Sus palabras exactas habían sido: «Si no gano, los dos estaremos igual. Búscame cuando salgas».

Celeste no era de esas que esperan, así que no me creí que sintiera ningún apego especial por mí. Supuse que la lengua se le había aflojado porque había bebido alguna copa de más. Pero tras nuestra conversación una cosa había quedado absolutamente clara: no quería a Maxon. En absoluto.

—Por supuesto —respondí, aunque sabía que no era cierto.

—Solo quería darle un consejo profesional. Debe de ser difícil adaptarse a un salto de casta tan grande. Le deseo suerte, por supuesto, pero quiero que quede claro que solo tengo ojos para el príncipe Maxon.

Estuve a punto de ponerlo en duda, pero vi la desesperación en su mirada, mezclada con un miedo que la consumía. A fin de cuentas, si la acusaba, me estaría acusando a mí mismo. Sabía que Maxon no le importaba, y tampoco estaba seguro de si a él le importaría alguna de aquellas chicas —al menos, no le importarían como debería hacerlo—, pero ¿de qué me serviría condenarla o seguirle el juego?

—Y lo único en lo que pienso yo es en protegerle. Buenas noches, señorita.

En sus ojos se veía la pregunta que había quedado por hacer. Sabía que mi respuesta no la había dejado completamente satisfecha. Pero sentir un poco de miedo le iría estupendamente a una chica como ella.

Tomé aire y giré la esquina que daba a la habitación de America, deseando entrar, abrazarla, hablar con ella. Me detuve frente a la puerta y apoyé la oreja. Oía a sus doncellas, así que no estaba sola. Pero luego escuché su respiración entrecortada y sus sollozos.

No podía soportar la idea de que se hubiera pasado todo el día llorando. Lo que me faltaba.

Les había dicho a sus padres que Maxon le tenía una especial consideración, y que tendría quien la consolara. Si seguía llorando, es que él no había hecho nada por ella. Y si no tenía que ser para mí, más valía que Maxon la tratara como una princesa. De momento, estaba fallando estrepitosamente.

Lo sabía..., lo sabía... Tenía que ser mía.

Llamé a la puerta, sin importarme un comino las consecuencias. Lucy fue a abrir. Me recibió con una sonrisa esperanzada que me hizo pensar que quizá sí pudiera ayudarla.

—Siento molestarlas, señoritas, pero he oído los lloros y quería asegurarme de que estaban bien.

Pasé junto a Lucy y me acerqué a la cama de America todo lo que me atreví. Nuestros ojos se encontraron. La vi tan desvalida que me dieron ganas de llevármela de allí.

—Lady America, siento mucho lo de su amiga. He oído que era especial para usted. Si necesita algo, aquí me tiene.

Ella no dijo nada, pero en su mirada vi que estaba recogiendo mentalmente cada mínimo recuerdo de nuestros últimos dos años y proyectándolos hacia el futuro que siempre habíamos esperado.

—Gracias —respondió, entre la timidez y la esperanza—. Este gesto significa mucho para mí.

Le dediqué la más breve de las sonrisas, aunque el corazón se me salía del pecho. Había escrutado su rostro bajo diferentes tonos de luz en un millar de momentos furtivos. Y aquellas palabras me bastaron para estar seguro: me quería.

Capítulo 4

America me quiere. America me quiere. America me quiere.

Tenía que conseguir estar con ella a solas, solos los dos. Me costaría un poco, pero podía lograrlo.

La mañana siguiente, horas antes de que me tocara empezar el turno, ya estaba listo. Supervisé todos los puestos de guardia, los turnos de limpieza, los horarios de las comidas de la familia real, los guardias y el servicio. Lo estudié todo hasta saberme cada detalle de memoria, y comprobé los puntos débiles de la seguridad. A veces me preguntaba si los otros guardias también lo harían, o si yo era el único que lo revisaba todo tan a fondo.

De cualquier modo, tenía un plan. Solo me quedaba encontrar la manera de pasarle el mensaje.

Por la tarde me tocaba trabajar en el despacho del rey, donde tendría que cubrir el puesto de guardia en la puerta, algo extraordinariamente aburrido. Yo prefería estar en movimiento, o al menos en una parte más abierta del palacio. Y, a ser posible, lejos de la gélida mirada del rey Clarkson.

Observé que Maxon hacía esfuerzos por concentrarse en el trabajo. Parecía distraído, sentado a su pequeña mesa, que tenía pinta de haber sido añadida al despacho a última hora. No pude evitar pensar que era un idiota por cuidar tan poco a America.

A media mañana, Smiths, uno de los guardias que llevaba años en palacio, llegó corriendo. Se dirigió al rey, haciendo una rápida reverencia.

—Majestad, dos de las chicas de la Élite, Lady Newsome y

Lady Singer, se han enzarzado en una pelea. —Todo el mundo en la sala se quedó inmóvil, mirando al rey, que suspiró.

—¿Chillando como gatas otra vez?

—No, señor, están en el pabellón hospitalario. Ha habido algo de sangre.

El rey miró a Maxon.

—Sin duda será cosa de esa Cinco. No puede ser que te la tomes en serio.

El príncipe se puso en pie.

—Padre, todas ellas tienen los nervios de punta después de lo de ayer. Estoy seguro de que les cuesta digerir lo de los azotes.

—Si ha empezado ella, se va —amenazó el rey, señalándole con el dedo—. Ya lo sabes.

—¿Y si hubiera sido Celeste? —replicó él.

—Dudo que una chica de esa categoría cayera tan bajo si no la provocan.

—Aun así, ¿la echarías?

—No ha sido culpa suya.

Maxon se puso en pie.

—Llegaré al fondo del asunto. Estoy seguro de que no ha sido nada.

Me sentí confundido. No le entendía. Era evidente que no estaba tratando a America lo bien que debería, pero, entonces, ¿por qué estaba tan empeñado en no dejar que se fuera? Y, si no conseguía demostrar que no era culpa suya, ¿me quedaría tiempo para verla antes de que la echaran?

La noticia corrió como la pólvora por todo el palacio. En poco tiempo, me enteré de que fue Celeste la que soltó las primeras palabras, pero que fue Mer la que soltó el primer puñetazo. Desde luego, me habría gustado darle a mi chica una medalla. No iban a echar a ninguna de las dos —daba la impresión de que la mala actitud de una exculpaba a la otra—, aunque parecía que America se quedaba de mala gana. Al oír aquello, mi corazón se convenció aún más de que la había recuperado.

Corrí hasta mi habitación, para que me diera tiempo a hacer todo lo que tenía que hacer en los pocos minutos de los que disponía. Escribí la nota lo más clara y rápidamente que pude. Luego subí a la segunda planta y esperé en el pasillo hasta que vi que las doncellas de America se iban a comer. Cuando llegué a su habitación, me quedé dudando sobre dónde debía dejar la carta, pero, en realidad, únicamente había un sitio donde podía dejarla. Solo esperaba que la viera.

Mientras volvía al pasillo principal, el destino me sonrió. America no parecía tener heridas sangrantes, así que debía de haberle dejado marcas a Celeste. Cuando se acercó, descubrí un pequeño chichón que el pelo casi le cubría por completo. Pero, más allá de todo aquello, en sus ojos vi emoción cuando se dio cuenta de que había ido a verla.

Dios, ojalá hubiera podido sentarme a su lado. Tomé aire. Tenía que contenerme ahora, para poder conseguir un momento de intimidad con ella más adelante.

Cuando la tuve cerca, me paré un momento y le hice una reverencia.

—El frasco —dije. Erguí el cuerpo y seguí mi camino, pero sabía que me había oído.

Tras pensárselo un momento, siguió adelante, casi a la carrera, sin mirar atrás.

Sonreí, contento de verla de nuevo llena de vida. Esa era mi chica.

—¿Muertos? —preguntó el rey—. ¿A manos de quién?

—No estamos seguros, majestad. Pero no sería nada raro que fueran simpatizantes de las castas bajas —le dijo su asesor.

Yo había entrado silenciosamente para entregarle el correo, y al momento supe que estaba hablando de la población de Bonita. Más de trescientas familias habían sido degradadas al menos una casta por ser sospechosas de haber ayudado a los rebeldes. Y daba la impresión de que no iban a resignarse a aceptarlo sin luchar.

El rey meneó la cabeza y luego soltó un palmetazo con la mano sobre la mesa. Di un respingo, igual que los demás presentes.

—¿Es que esta gente no ve lo que está haciendo? Se están cargando todo por lo que hemos trabajado. ¿Y para qué? ¿Para luchar por algo que puede llevarles a la ruina? Yo les he ofrecido seguridad. Les he procurado orden. Y ellos se rebelan.

Por supuesto, alguien como él, que tenía todo lo que pudiera desear o necesitar, no entendía por qué una persona de la calle iba a pedir sus mismas oportunidades.

Cuando me asignaron el destino, me sentí al mismo tiempo aterrado y emocionado. Sabía que había gente que lo consideraba una condena. Pero al menos la vida que me esperaba sería más excitante que la burocracia y las tareas domésticas que me aguardaban si me quedaba en Carolina. Además, aquello no era vida tras la marcha de America.

El rey se puso en pie y empezó a caminar por el despacho.

—Hay que detener a esta gente. ¿A quién tenemos gobernando Bonita?

—A Lamay. De momento ha decidido trasladarse con su familia a otro lugar, y ha empezado a organizar el funeral del difunto gobernador Sharpe. Parece orgulloso de su nuevo cargo, a pesar de los obstáculos.

El rey extendió la mano.

—Ahí lo tenéis: un hombre que acepta su papel en la vida, que cumple con su deber por el bien del pueblo. ¿Por qué no pueden hacerlo todos?

Le entregué el correo. El rey siguió hablando, a unos centímetros de mí.

—Le diremos a Lamay que elimine inmediatamente a todos los sospechosos de esos asesinatos. Aunque no acierte con todos, el mensaje estará claro. Y tenemos que buscar una manera de recompensar a todo el que nos aporte información. Necesitamos tener gente de nuestra parte en el sur.

Me giré enseguida. Habría preferido no oír todo aquello. No estaba del lado de los rebeldes. En su mayoría eran asesinos. Pero las decisiones del rey no tenían nada que ver con la justicia.

—¡Tú! Para.

Me volví, sin saber muy bien si el rey me estaba hablando a mí. Así era. Me quedé mirando mientras garabateaba una carta, la doblaba y la añadía al montón.

—Llévate esto al correo. Los chicos de allí tendrán la dirección exacta —dijo. La puso sobre el montón de cartas que llevaba yo en la mano sin inmutarse, como si el contenido de aquella carta no tuviera importancia. Me quedé allí, inmóvil, incapaz de cargar con aquel peso—. Venga —me apremió por fin y, como siempre, obedecí.

Cogí el montón de cartas y, a paso de tortuga, me dirigí hacia el despacho de correo.

«Eso no es asunto tuyo, Aspen. Estás aquí para proteger a la monarquía. Así son las cosas. Concéntrate en America. Si consigues estar con ella, qué mas da si el mundo se va al garete.»

Levanté la cabeza, saqué pecho e hice lo que tenía que hacer.

—Eh, Charlie.

Él soltó un silbido al ver el montón:

—¡Un día ajetreado!

—Eso parece. Hum... Esta de aquí... El rey no tenía la dirección a mano; creyó que tú la tendrías —dije yo, señalando la carta de Lamay, que estaba encima de todo el montón.

Charlie abrió la carta para ver el destinatario y la leyó por encima. Cuando acabó, parecía preocupado. Miró a sus espaldas y luego levantó la vista hacia mí.

—¿Has leído esto? —preguntó en voz baja.

Negué con la cabeza. Tragué saliva, sintiéndome culpable por no admitir que ya conocía su contenido. Quizá podía haber impedido que la carta llegara a su destino, pero me limitaba a cumplir con mi trabajo.

—Hmm —murmuró Charlie, dándose la vuelta enseguida y echando mano de un montón de correo clasificado.

—¡Venga, hombre, Charles! —protestó Mertin—. ¡He tardado tres horas en ordenarlas!

—¡Lo siento! ¡Luego lo arreglo yo! —se disculpó Charlie—. Mira, Leger, dos cosas —prosiguió, sacando un sobre—. Ha llegado esto para ti.

Inmediatamente reconocí la caligrafía de mamá.

—Gracias —dije, impaciente por abrir el sobre y tener noticias de los míos.

—De nada —respondió él, quitándole importancia y cogiendo un cesto de mimbre—. ¿Y podrías hacerme un favor y llevar estos papeles a quemar? Iba a llevármelos ahora mismo.

—Sí, claro.

Charlie asintió, y yo me guardé mi carta para poder coger mejor la cesta.

Los hornos crematorios estaban cerca de los barracones de los soldados. Dejé la cesta en el suelo con cuidado para abrir la puerta. Las brasas tenían poco fuego, así que tiré los papeles con cautela, para que no salieran volando y prendieran bien.

Si no hubiera tenido que ir con tanto cuidado, probablemente no habría visto la carta a Lamay pegada a los sobres vacíos y los listados de direcciones mal escritas.

¿Cómo había podido hacer Charlie algo así?

Me quedé allí, debatiéndome. Si la recogía, sabría que le había pillado. ¿Quería saber que le había pillado? ¿Quería acaso pillarle?

Eché la carta, comprobando que ardía bien. Había hecho mi trabajo, y el resto del correo saldría. No podrían culpar a nadie, y posiblemente de ese modo se salvarían muchas vidas.

Ya había habido demasiadas muertes, demasiado dolor.

Me alejé de allí, lavándome las manos respecto a todo aquello. Un día llegaría la justicia de verdad. Entonces se sabría quién hacía bien o mal las cosas. Porque ahora mismo resultaba difícil saberlo.

De vuelta en mi habitación, abrí mi carta, deseoso de saber cosas de casa. No me gustaba tener tan lejos a mamá. Me reconfortaba un poco poder enviarle dinero, pero la seguridad de mi familia no dejaba de preocuparme.

Daba la impresión de que el sentimiento era mutuo.

«Sé que la quieres. Pero no seas tonto.»

Por supuesto, ella iba siempre dos pasos por delante de mí, adivinando cosas sin preguntarlas. Sabía lo de America antes de que yo se lo dijera, sabía cómo me hacían sentir cosas de las que ni siquiera le había hablado. Y ahí estaba ella, en la otra punta del país, advirtiéndome de que no hiciera lo que sabía que haría.

Me quedé mirando el papel. Al parecer, el rey estaba en pleno ataque destructivo, pero yo estaba seguro de poder mantenerme lejos de su alcance. Es cierto que mi madre nunca me había dado un mal consejo, pero no sabía lo bien que se me daba mi trabajo. Rompí la carta en pedazos y, de camino a mi cita con America, la tiré en los hornos.

Capítulo 5

Había calculado el tiempo perfectamente. Si America llegaba en menos de cinco minutos, nadie nos vería a ninguno de los dos. Sabía lo que me estaba jugando, pero no podía mantenerme apartado. La necesitaba.

La puerta se abrió con un crujido y enseguida se cerró de nuevo.

—¿Aspen?

Reconocía aquel tono de antes.

—Como en los viejos tiempos, ¿eh?

—¿Dónde estás?

Asomé de detrás de la cortina y oí que contenía la respiración.

—Me has asustado —dijo, medio en broma.

—No sería la primera vez…, y no será la última —contesté yo.

America tenía muchas virtudes, pero desde luego el sigilo no era una de ellas. Fue a mi encuentro, en el centro de la habitación, pero por el camino dio contra el sofá y dos mesitas y tropezó con el borde de una alfombra. No quería ponerla nerviosa, pero tenía que ir con más cuidado.

—¡Chis! Todo el mundo se enterará de que estamos aquí si no dejas de tirar cosas —susurré, más en broma que protestando.

—Lo siento —dijo ella, reprimiendo una risita—. ¿No podemos encender una luz?

—No —respondí, poniéndome más a la vista—. Si alguien ve una luz por debajo de la puerta, podrían descubrirnos. No pasan mucho por este pasillo, pero prefiero ir con cuidado.

Por fin llegó a mi altura. En el momento en que toqué su piel, todo pareció arreglarse. Disfruté de aquel contacto un segundo antes de llevarla a un rincón.

—¿Cómo es que conoces esta habitación?

—Soy guardia —respondí encogiéndome de hombros—. Y se me da muy bien mi trabajo. Conozco todo el recinto del palacio, por dentro y por fuera. Hasta el último pasaje, todos los escondrijos y hasta la mayoría de las habitaciones secretas. También sé los turnos de los guardias, qué zonas son las que menos se vigilan y los momentos del día en que hay menos personal. Si alguna vez quieres moverte a escondidas por el palacio con alguien, yo soy la persona ideal.

—Increíble —dijo, escéptica y orgullosa al mismo tiempo.

Tiré de ella con suavidad y se sentó a mi lado. La tenue luz de la luna apenas me dejaba verla. Sonrió, pero enseguida se puso seria.

—¿Estás seguro de que no corremos peligro? —dijo.

Estaba claro que estaría pensando en la espalda de Woodwork y las manos de Marlee, en la vergüenza y el horror que nos esperaba si nos descubrían. Y eso, si teníamos suerte. Pero yo confiaba en mis habilidades.

—Confía en mí, Mer. Tendrían que pasar un número extraordinario de cosas para que alguien nos encontrara aquí. Estamos a salvo.

Aún podía ver la duda en sus ojos, pero entonces la rodeé con un brazo y se dejó llevar; necesitaba aquel momento tanto como yo.

—¿Cómo estás tú? —pregunté por fin.

Suspiró con tanta fuerza que me sorprendió.

—Bien, supongo. He estado muy triste y muy enfadada. —No parecía darse cuenta de que su mano había ido instintivamente a la zona de mi muslo, justo por encima de la rodilla, el lugar exacto donde solía juguetear con el agujero de mis vaqueros raídos—. No dejo de pensar en que me gustaría retroceder dos días y recuperar a Marlee. Y también a Carter. Ni siquiera pude conocerlo.

—Yo sí. Es un tipo estupendo. —De pronto pensé en su familia y me pregunté cómo sobrevivirían sin su sueldo—. He oído que durante el tiempo que duró el castigo no dejó de decirle a Marlee que la quería, para ayudarla a soportarlo.

—Es verdad. Al menos al principio. A mí me echaron antes de que acabara.

Sonreí y la besé en la cabeza.

—Sí, eso también lo he oído —dije yo. Al momento me pregunté por qué no le había dicho que lo había visto. Sabía lo que había hecho antes incluso de que el rumor empezara a correr por los pasillos de palacio. Pero quizás así me resultaba más fácil asimilarlo: a través de la sorpresa y, generalmente, la admiración de todos los demás—. Estoy orgulloso de que te rebelaras de aquella manera. Esa es mi chica.

Ella se acercó un poco más.

—Mi padre también estaba orgulloso. La reina me dijo que no debía haber actuado de ese modo, pero que estaba contenta de que lo hubiera hecho. No sé qué pensar. Es como si hubiera estado bien y mal a la vez. Pero la verdad es que no sirvió para nada.

—Sí sirvió —dije yo, abrazándola con más fuerza. No quería que dudara de lo que para ella era algo natural—. Significó mucho para mí.

—¿Para ti?

Me costaba admitir mi preocupación, pero tenía que saberlo.

—Sí. A menudo me pregunto si la Selección te habrá cambiado. Te están cuidando constantemente, tienes todos esos lujos… No dejo de pensar en si aún seguirás siendo la misma America. Eso me hizo ver que sí, que todo esto no te ha afectado.

—Bueno, sí que me ha afectado, pero no en ese sentido —reaccionó enseguida—. Este lugar no deja de recordarme que yo no nací para esto.

Entonces su rabia se tornó en tristeza. Se giró hacia mí, hundiendo la cabeza en mi pecho, como si presionando lo suficiente pudiera llegar a ocultarse bajo mis costillas. Yo quería tenerla ahí, entre mis brazos, tan cerca del corazón que prácticamente pudiera ser parte de él. Quería que todo el dolor que pudiera sentir se perdiera con mis latidos.

—Escucha, Mer —dije, sabiendo que el único modo de llegar a lo bueno sería pasando primero por lo malo—, lo que pasa es que Maxon es un gran actor. Siempre pone esa cara perfecta, como si estuviera por encima de todo. Pero solo es una persona, y tiene los mismos problemas que cualquiera. Yo sé que le aprecias, porque, si no, no seguirías aquí. Pero tienes que saber que no es real.

Ella asintió. Me dio la impresión de que aquella información no le venía de nuevas, como si en parte se la esperara.

—Es mejor que lo sepas ahora. ¿Y si te casas y luego descubres que era así?

—Tienes razón —respondió con un suspiro—. Yo también lo he estado pensando.

Intenté no prestar atención al detalle de que ya se había imaginado la vida una vez que se hubiera casado con Maxon. Era parte de la experiencia. Antes o después, tendría que pensar en ello. Pero eso había quedado atrás.

—Tú tienes un gran corazón, Mer. Sé que hay cosas que no puedes cambiar, pero me gusta que, aun así, quieras hacerlo. Eso es todo.

—Me siento tan tonta… —respondió, después de reflexionar un momento sobre mis palabras.

—Tú no eres tonta.

—Sí que lo soy.

Tenía que hacerla sonreír.

—Mer, ¿tú crees que yo soy listo?

—Claro —dijo sin más.

—Eso es porque lo soy. Y soy demasiado listo como para enamorarme de una tonta. Así que ya puedes dejar de decir esas tonterías.

Soltó una risita. Aquello bastó para dejar atrás la tristeza. Yo ya había padecido lo mío con la Selección. Ahora quería entender mejor por qué sufría ella. No era America la que quería presentarse al sorteo. Fui yo. Aquello era culpa mía.

Había querido explicarme una docena de veces, para obtener el perdón que ella ya me había concedido. No lo merecía. Quizás aquella era la ocasión para disculparme por fin.

—Me parece que te he hecho mucho daño —dijo ella, con vergüenza en la voz—. No entiendo cómo puedes seguir enamorado de mí.

85

Suspiré. Al parecer, era ella la que necesitaba que la perdonaran, cuando, sin duda, debía de ser al revés.

Yo no sabía cómo explicárselo. No había palabras para expresar lo que sentía por ella. Ni siquiera yo lo entendía.

—Así son las cosas. El cielo es azul, el sol brilla y Aspen está irremediablemente enamorado de America. Así es como diseñaron el mundo. —Sentí que su mejilla se tensaba en una sonrisa contra mi pecho. Si no conseguía disculparme, quizá podría dejar claro al menos que aquellos últimos minutos en la casa del árbol habían sido un accidente—. Ahora en serio, Mer, eres la única chica que he querido nunca. No puedo imaginarme con ninguna otra. He estado intentando prepararme para eso, por si acaso, y... no puedo.

Donde no llegaban las palabras, hablaban nuestros cuerpos. Sin besos. Bastaba con aquellos abrazos silenciosos. Eso era todo lo que necesitábamos. Sentía como si hubiera regresado a Carolina, y estaba seguro de que podríamos volver a aquello. O quizás ir aún más allá.

—No deberíamos quedarnos aquí mucho más —dije, deseando que no fuera así—. Confío bastante en mis cálculos, pero no querría arriesgar más de lo debido.

Ella se puso en pie sin muchas ganas. Tiré de ella para darle un último abrazo, esperando que me bastara para aguantar hasta que pudiera volver a verla. America me cogió con fuerza, como si le diera miedo separarse de mí. Sabía que los días siguientes serían duros para ella, pero, pasara lo que pasara, yo estaría a su lado.

—Sé que es difícil de creer, pero siento mucho que Maxon resultara ser tan mal tipo. Yo deseaba que volvieras, pero no quería que lo pasaras mal. Y, sobre todo, no de este modo.

—Gracias.

—Lo digo de verdad.

—Lo sé —respondió, y se quedó pensando—. Pero esto no ha acabado. No mientras siga aquí.

—Sí, pero te conozco. Lo llevarás lo mejor posible, para que tu familia siga cobrando su dinero y para poder verme, pero él tendría que deshacer el pasado para arreglar esto —dije, y apoyé la barbilla sobre su cabeza, sujetándola a mi lado todo lo que pude—. No te preocupes, Mer. Yo cuidaré de ti.

Capítulo 6

*T*enía la vaga sensación de que estaba soñando. America estaba al otro lado de la sala, atada a un trono, y Maxon apoyaba una mano en su hombro, presionándola para que se sometiera. Ella me miraba con ojos de preocupación y se debatía para llegar hasta mí. Pero entonces vi que Maxon también me miraba, amenazador. En aquel momento, se parecía mucho a su padre.

Sabía que tenía que llegar a ella, desatarla para que pudiéramos salir corriendo. Pero no me podía mover. Yo también estaba atado, igual que Woodwork. El miedo me recorría la piel, frío e implacable. Por mucho que lo intentáramos, no podríamos salvarnos el uno al otro.

Maxon se acercó hasta un cojín, cogió la recargada corona que había encima y se la puso a America en la cabeza. Aunque ella la miraba con desconfianza, no se quejó cuando se la colocó sobre su brillante melena pelirroja. Pero no se le quedaba quieta. Se resbalaba una y otra vez.

Decidido, Maxon metió mano en el bolsillo y sacó lo que parecía un doble gancho. Colocó la corona en su sitio y presionó el gancho, fijándola así a la cabeza de America. En el momento en que entraba la púa, sentí dos pinchazos tremendos en la espalda y grité. Esperaba sentir manar la sangre, pero no sangraba.

Donde sí manaba la sangre era en la cabeza de America. Se mezclaba con su melena pelirroja y se le pegaba a la piel. Maxon sonreía mientras iba clavando los ganchos. Yo gritaba de dolor cada vez que uno de ellos perforaba la piel de America, contemplando horrorizado la sangre que iba cubriéndola desde la corona.

Me desperté de golpe. No había tenido una pesadilla así desde hacía meses, y America nunca había sido su protagonista. Me sequé el sudor de la frente, repitiéndome mentalmente que no era verdad. Con todo, aún sentía el dolor de los ganchos en la piel y estaba medio mareado.

Al momento, la mente se me fue a Woodwork y a Marlee. En mi sueño, yo habría aceptado con gusto todo el dolor si así America no tenía que sufrirlo. ¿Sentiría lo mismo Woodwork? ¿Habría deseado poder sufrir el doble para ahorrárselo a Marlee?

—¿Estás bien, Leger? —preguntó Avery.

La habitación aún estaba a oscuras, así que debía de haberme oído revolverme en la cama.

—Sí. Lo siento. Una pesadilla.

—No pasa nada. Yo tampoco duermo muy bien.

Me giré hacia él, aunque no veía nada. Solo los oficiales tenían habitaciones con ventanas.

—¿Qué pasa?

—No lo sé. ¿Te importa si pienso en voz alta un minuto?

—Claro que no.

Avery se había portado como un gran amigo. Lo mínimo que podía hacer era perder unos minutos de sueño por él.

Oí que se sentaba en la cama, pensándoselo antes de hablar.

—He estado dándole vueltas al asunto de Woodwork y Marlee. Y a lo de Lady America.

—¿Qué pasa con ella? —pregunté, levantando el cuerpo yo también.

—Al principio, cuando la vi correr hacia Marlee, me tocó las narices. ¿Es que no sabía que eso no serviría de nada? Woodwork y Marlee habían cometido un error, y debían recibir un castigo. El rey y el príncipe Maxon tenían que mantener el control, ¿no?

—Vale.

—Pero cuando oí a las doncellas y los mayordomos hablar del tema, era como si elogiaran a Lady America. A mi modo de ver no tenía sentido, porque pensaba que lo que había hecho estaba mal. Pero…, bueno, ellos llevan aquí mucho más tiempo que nosotros. A lo mejor han visto muchas más cosas. A lo mejor saben algo. Y si es así, y si creen que Lady America hizo bien al hacer lo que hizo... ¿Qué es lo que me estoy perdiendo?

Aquel era un terreno peligroso. Pero era mi amigo, el mejor que había tenido nunca. A Avery le habría confiado mi vida. Además, contar con un aliado en palacio no estaba de más.

—Sí, es una muy buena pregunta. Hace que te cuestiones cosas.

—Exactamente. Es como, a veces, cuando estoy de guardia en el despacho del rey, el príncipe está trabajando y sale a hacer algo. El rey Clarkson coge el trabajo del príncipe Maxon y le deshace la mitad. ¿Por qué? ¿No podría al menos consultarle? Pensaba que estaba intentando que cogiera práctica.

—No lo sé. ¿Control? —Al pronunciar la palabra, me di cuenta de que al menos en parte debía de ser verdad. A veces sospechaba que Maxon no sabía del todo lo que pasaba.

—A lo mejor, el rey considera que Maxon no es tan competente como debería serlo a estas alturas.

—¿Y si el príncipe es más que competente, y eso es precisamente lo que no le gusta al rey?

Contuve una risa.

—Me cuesta creerlo. Me parece que Maxon se distrae con facilidad.

—Hmm. —Avery cambió de postura en la oscuridad—. Quizá tengas razón. Pero parece que la gente no lo ve igual que al rey. Y, por la forma en que hablan de Lady America, da la impresión de que, si pudieran escoger ellos a la princesa, sería ella. Si es capaz de desobedecer así, ¿querrá decir que el príncipe Maxon también es capaz de hacerlo?

Sus preguntas planteaban cosas que yo no quería reconocer. ¿Estaba Maxon plantándole cara a su padre? Y, si ese fuera el caso, ¿estaría también enfrentándose a la Corona y a todo lo que representaba? Nunca había sido un gran defensor de la monarquía; la verdad es que no podría odiar a nadie que la combatiera.

Pero mi amor por America era más grande que ninguna otra cosa. Y como Maxon se interponía entre ese amor y yo, no

89

creía que pudiera decir o hacer nada que me hiciera considerarle una persona decente.

—La verdad es que no lo sé —respondí con sinceridad—. Tampoco detuvo lo que le hicieron a Woodwork.

—Sí, pero eso no significa que le gustara. —Avery bostezó—. Lo único que digo es que hemos sido entrenados para observar a todo el que entra en palacio y para detectar cualquier intención oculta que pudieran tener. Quizá deberíamos hacer lo mismo con la gente que ya está dentro.

Sonreí.

—Eso me parece muy sensato —admití.

—Por supuesto. Yo soy el cerebro de toda la operación —bromeó, acomodándose de nuevo entre las sábanas.

—Duérmete ya, cerebrito. Mañana necesitaremos esa mente brillante.

—Estoy en ello —dijo. Se quedó inmóvil, quizás durante un minuto, y luego añadió—: Oye, gracias por escuchar.

—Cuando quieras. ¿Para qué están los amigos?

—Sí. —Bostezó de nuevo—. Echo de menos a Woodwork.

—Ya. —Suspiré—. Yo también.

Capítulo 7

Las inyecciones no me importaban mucho, pero cada vez que nos las ponían me dolía una barbaridad durante una hora. Peor aún, te daban ese extraño subidón de energía que te duraba casi todo el día. No era raro encontrar a un puñado de guardias dando vueltas a la pista durante horas o dedicándose a las tareas más duras del palacio para quemar aquella energía. El doctor Ashlar insistía en que el número de guardias que se pincharan al día fuera el menor posible.

—Soldado Leger —me llamó el doctor Ashlar.

Entré en la consulta y me quedé de pie junto a la pequeña camilla, al lado de su mesa. El pabellón hospitalario era lo suficientemente grande como para que cupiéramos todos, pero daba la impresión de que aquello era mejor hacerlo en privado.

Él asintió a modo de saludo. Me giré y me bajé los pantalones unos centímetros. Hice un esfuerzo para no dar un respingo al sentir el frío antiséptico sobre la piel o cuando la aguja la atravesó.

—Listo —dijo él alegremente—. Ve a ver a Tom para que te dé las vitaminas y tu compensación.

—Sí, señor. Gracias.

Me dolía a cada paso, pero no quería que se me notara.

Tom me proporcionó unas píldoras y agua. Después de tragármelas, firmé la nota que me pasó y cogí mi dinero, que dejé en la habitación antes de dirigirme a la leñera. Tenía unas ganas irrefrenables de moverme.

Cada hachazo me proporcionaba un alivio que necesitaba desesperadamente. Me sentía hipercargado, espoleado por las inyecciones, por las preguntas de Avery y por aquel sueño siniestro.

Pensé en el rey, que había dicho que America era un descarte. Parecía poco probable que pudiera ganar, ahora que estaba tan disgustada con Maxon, pero me pregunté qué sucedería si, finalmente, venciera la única persona que el rey nunca había querido que alcanzara la corona.

Y si Marlee era una de las favoritas, quizás incluso la elegida por el rey para ganar, ¿en quién habría puesto ahora sus esperanzas?

Intenté concentrarme, pero los pensamientos se me entremezclaban con aquella insaciable necesidad de moverme. Solté un hachazo tras otro. No me paré hasta dos horas más tarde, y porque ya no quedaba madera que trocear.

—Ahí atrás tienes todo un bosque, si necesitas más.

Me giré. El viejo mozo de cuadras estaba ahí, sonriendo.

—La verdad es que creo que con esto ya estoy —respondí, recuperando el aliento. Estaba seguro de que lo peor del efecto de la inyección ya había pasado.

—Tienes mejor aspecto —dijo acercándose—. Pareces más tranquilo.

Me reí, sintiendo cómo la medicina se repartía por mi flujo sanguíneo.

—Hoy necesitaba quemar una energía diferente.

Se sentó sobre un tocón, como si aquel fuera su entorno natural. No tenía ni idea de qué pensar de aquel tipo. Me sequé el sudor de las manos con los pantalones, intentando pensar en qué decir.

—Oye, siento lo del otro día. No pretendía ser desagradable. Yo…

Él levantó las manos.

—No hay problema. Y yo no pretendía ser pesado. Pero he visto a mucha gente a la que las cosas malas que hay en su vida la acaba por volver dura o testaruda. Y, al final, echa de menos la oportunidad de hacer mejor su mundo, solo porque únicamente ve lo peor de él.

Su voz y sus rasgos me seguían resultando algo familiares.

—Ya sé lo que quieres decir —respondí meneando la cabeza—. Yo no quiero ser así. Pero, en ocasiones, me pongo furioso. A veces tengo la sensación de que sé demasiado, o de que he hecho cosas que no puedo arreglar, y eso es algo que me persigue. Y cuando veo cosas que no deberían ser...

—No sabes qué hacer.

—Exactamente.

Él asintió.

—Bueno, yo empezaría por pensar en lo bueno. Y luego me preguntaría cómo hacer que esas cosas buenas sean aún mejores.

Me reí.

—Eso no tiene sentido.

—Tú piénsalo un poco —replicó poniéndose en pie.

Mientras volvía hacia el palacio, intenté pensar de dónde podía conocer yo a aquel tipo. A lo mejor había pasado por Carolina antes de trabajar en palacio. Muchos Seises viajaban sin rumbo fijo. Pero, allá donde hubiera estado, lo que fuera que hubiera visto no había dejado que le desanimara. Debería de haberle preguntado el nombre, pero daba la impresión de que nos cruzábamos a menudo, así que supuse que volveríamos a encontrarnos pronto. Cuando yo no estaba de un humor de perros, resultaba un tipo bastante agradable.

Después de limpiarme, me dirigí a mi habitación, sin dejar de pensar en las palabras del mozo de cuadras. ¿Qué había de bueno? ¿Y cómo podía hacerlo mejor?

Recogí el sobre con mi dinero. En palacio, no necesitaba ni un céntimo, así que todo iba a mi familia. Normalmente.

Le escribí una nota a mi madre:

> Siento que esta vez no sea tanto. Ha ocurrido algo.
> La semana que viene, más. Os quiere,
> ASPEN

Metí poco menos de la mitad de mi salario en un sobre con la carta, lo dejé en un lado y cogí otro trozo de papel.

Me sabía la dirección de Woodwork de memoria, ya que se la había escrito una docena de veces. El analfabetismo era algo más extendido de lo que sabía la mayoría, pero a Woodwork le preocupaba tanto que la gente pensara que era tonto o inútil que solo me había confesado su secreto a mí.

93

Dependiendo de un montón de cosas —de dónde vivías, de lo grande que era tu escuela, de si había más Sietes en clase—, podías pasarte una década yendo al colegio y no aprender casi nada.

No podía decir que Woodwork se hubiera perdido por el camino. La vida le había llevado a aquella situación.

Y ahora no teníamos ni idea de dónde estaba, de si estaba bien o de si Marlee seguía con él o no.

Señora Woodwork:
Soy Aspen. Todos sentimos lo que le ha pasado a su hijo. Espero que ustedes estén bien. Este fue su último sueldo. Quería asegurarme de que les llegaba.
Cuídense.

Dudé de si debía decir algo más. No quería que pensara que aquello era una limosna, así que me pareció que lo mejor era ser escueto. Pero quizá podría enviarle algo de forma anónima de vez en cuando.

Eran buena gente. Y Woodwork seguía por allí. Tenía que intentar ayudarlos.

Capítulo 8

*E*speré a estar seguro de que todo el mundo estuviera dormido antes de abrir la puerta de America. Me llevé una agradable sorpresa al ver que seguía despierta. Era lo que llevaba deseando toda la noche. La forma en que ladeó la cabeza y se me acercó me hizo pensar que ella también albergaba esperanzas de que yo apareciera por allí.

Dejé la puerta abierta, como siempre, y me acerqué a su cama:

—¿Cómo ha ido el día?

—Bien, supongo —respondió, pero estaba claro que no era así—. Celeste me enseñó un artículo hoy... —Sacudí la cabeza—. Ni siquiera sé si quiero hablar de ello. Estoy harta de esa chica.

¿Qué le pasaba a Celeste? ¿Es que se creía que podía torturar a la gente y manipular a todo el mundo para alcanzar la corona? Que aún siguiera allí era un ejemplo más del terrible gusto de Maxon.

—Supongo que ahora que se ha ido Marlee, Maxon no enviará a nadie a casa en un tiempo, ¿eh?

Se encogió de hombros, pero daba la impresión de que hasta aquello le costaba un gran esfuerzo.

—Venga... —dije, acercando una mano a su rodilla—. Todo saldrá bien.

Ella esbozó una débil sonrisa.

—Lo sé. Pero es que la echo de menos. Y me siento confusa.

—¿Confusa por qué? —pregunté, acercándome para escuchar mejor.

—Por todo —dijo con voz de desespero—. No sé muy bien lo que hago aquí, lo que soy. Pensé que lo sabía… —Movía sin parar los dedos de las manos, como si pudiera agarrar sus propias palabras—. Ni siquiera sé explicarlo.

Miré a America y tuve claro que perder a Marlee y descubrir la auténtica personalidad de Maxon le había mostrado una verdad que no quería siquiera pensar que existiera. Aquello le había hecho abrir los ojos, quizá demasiado de golpe. Ahora la notaba paralizada, asustada de dar un paso, porque no sabía si eso la apartaría demasiado del camino. America me había visto perder a mi padre y afrontar los azotes a Jemmy; era testigo de todo lo que tuve que hacer para dar alimento y seguridad a mi familia. Pero solo lo había visto; no lo había experimentado. Su familia estaba intacta, salvo por su hermano, el desarraigado. En realidad, nunca había perdido nada.

«Salvo quizá a ti, idiota», oí que me acusaba una voz en mi interior. Ahuyenté aquella idea. En aquel momento, tenía que pensar en ella, no en mí.

—Tú sabes quién eres, Mer. No dejes que te cambien.

Ella hizo un movimiento con la mano, como si fuera a extenderla para tocar la mía. Pero no lo hizo.

—Aspen, ¿te puedo preguntar una cosa? —En su rostro se reflejaba una preocupación evidente.

Asentí.

—Sé que es algo raro, pero si ser princesa no supusiera casarse con alguien, si no fuera más que un trabajo para el que pudieran seleccionarme, ¿tú crees que sería capaz de hacerlo?

Me esperaba cualquier cosa menos eso. Me costaba mucho pensar que aún se planteara ser princesa. Aunque quizá no fuera así. Aquello era una hipótesis. Y lo había dicho solo para pensar en ello, sin relacionarlo con Maxon.

Teniendo en cuenta cómo había vivido lo que había sucedido a la vista del público, me parecía que se sentiría impotente si tenía que enfrentarse a todo lo que pasaba entre las paredes del palacio. Era estupenda en muchas cosas, pero…

—Lo siento, Mer, pero creo que no. Tú no eres tan calculadora como ellos —dije, intentando que entendiera que no quería insultarla. A mí me gustaba que no fuera así.

Ella frunció el ceño.

—¿Calculadora? ¿Y eso?

Solté aire, intentando pensar en cómo explicárselo sin ser demasiado específico:

—Yo estoy en todas partes, Mer. Oigo cosas. Hay grandes altercados en el sur, en las zonas con mayor concentración de castas bajas. Por lo que dicen los guardias más veteranos, esa gente nunca estuvo especialmente de acuerdo con los métodos de Gregory Illéa. Las revueltas se suceden desde hace mucho tiempo. Según dicen, ese fue uno de los motivos por los que la reina le resultaba tan atractiva al rey. Procedía del sur, y eso los aplacó un tiempo. Aunque ahora parece que ya no tanto.

Ella se quedó pensando.

—Eso no explica qué querías decir con lo de «calculadora».

¿Tan malo sería que compartiera con ella lo que sabía? Había mantenido nuestra relación en secreto dos años. Podía confiar en ella.

—El otro día estaba en uno de los despachos, antes de todo el jaleo de Halloween. Hablaban de los simpatizantes de los rebeldes del sur. Me ordenaron que llevara unas cartas al departamento de correos. Eran más de trescientas cartas, America. Trescientas familias a las que iban a degradar. Les iban a bajar una casta por no informar de algo o por colaborar con alguien considerado una amenaza para el palacio.

Cogió aire de golpe. En su mirada vi que decenas de escenas posibles pasaban por su mente.

—Ya. ¿Te lo puedes imaginar? ¿Y si fueras tú, y lo único que supieras hacer fuera tocar el piano? De la noche a la mañana, tendrías que trabajar de empleada. ¿Sabrías siquiera dónde ir a buscar ese tipo de trabajo? El mensaje está bastante claro.

De pronto, lo que le preocupaba era otra cosa:

—¿Y tú...? ¿Maxon lo sabe?

Aquella era una buena pregunta.

—Creo que debe saberlo. No le falta tanto para gobernar el país él mismo.

Asintió, intentando comprender qué significaba eso, además de todo lo que había aprendido recientemente de aquella especie de novio que tenía.

—No se lo digas a nadie, ¿vale? —le rogué—. Una filtra-

97

ción podría costarme el empleo. —La verdad es que podía costarme mucho más.

—Claro. Ya está olvidado —respondió con tono desenfadado, intentando ocultar su preocupación. El esfuerzo que hacía por mantener el tipo me hizo sonreír.

—Echo de menos el tiempo que pasaba contigo, lejos de todo esto. Añoro nuestros problemas de antes —lamenté. Lo que habría dado yo por discutir en aquel momento por las cenas que insistía en prepararme.

—Sé lo que quieres decir —respondió con una risita sincera—. Escabullirme por la ventana era mucho mejor que escabullirme por un palacio.

—E ir mendigando un céntimo para poder dártelo a ti era mejor que no tener nada de nada que darte —dije, dando un golpecito al frasco junto a la cama. Siempre me había parecido buena señal que no se separara de él, incluso antes de llegar a palacio—. No tenía ni idea de que los habías ido ahorrando hasta el día antes de irte —añadí, recordando, asombrado, el peso de todas aquellas monedas en las manos.

—¡Claro que sí! —exclamó orgullosa—. Cuando tú no estabas, eran lo único a lo que me podía agarrar. A veces me los echaba sobre la mano, encima de la cama, solo para agarrarlos y volver a meterlos en el frasco. Era agradable tener algo que habías tocado tú antes.

En eso éramos iguales. Yo nunca tuve nada suyo que pudiera guardar, sino que atesoraba cada momento como si fuera algo físico. Cada vez que la situación se estancaba, rebuscaba entre mis recuerdos. Me pasaba más tiempo con ella de lo que podía imaginarse.

—¿Qué hiciste con ellos? —preguntó.

—Están en casa, esperando.

Antes de que se fuera, ya había ahorrado una pequeña cantidad de dinero para casarme con ella. Al llegar a palacio le había dicho a mi madre que me guardara una parte de cada sueldo. Seguro que lo estaba haciendo. Pero la porción más preciosa de mis ahorros eran aquellos céntimos.

—¿Para qué?

«Pues para poder pagar una boda decente. Anillos. Una casa para los dos», pensé.

—Eso no lo sé.

Ya se lo diría. Muy pronto. Aún estábamos recuperándonos el uno al otro.

—Muy bien, guárdate tus secretos. Y no te preocupes por no poder darme nada. Estoy contenta de que estés aquí, de que tú y yo podamos arreglar las cosas, aunque no sea como antes. Me basta con eso.

Fruncí el ceño. ¿Tan lejos estábamos de lo de antes? ¿Tan lejos que tuviéramos algo que arreglar? No. Yo no. Para mí aún éramos los mismos que en Carolina, y necesitaba que ella lo recordara. Quería poner el mundo en sus manos, pero, en aquel momento, lo único que tenía era la ropa que llevaba puesta. Bajé la mirada, me arranqué un botón y se lo entregué.

—No tengo nada más que darte, literalmente, pero puedes guardar esto. Es algo que he tocado. Así podrás pensar en mí en cualquier momento. Y sabrás que yo también estoy pensando en ti.

Ella me cogió el minúsculo botón dorado de la mano y se quedó mirándolo como si le hubiera regalado la luna. El labio le tembló y respiró despacio, como si fuera a llorar. A lo mejor lo había estropeado todo.

—Ahora no sé cómo hacerlo. Tengo la sensación de que no sé hacer nada a derechas… Yo… no te he olvidado, ¿vale? Sigue aquí —dijo llevándose la mano al pecho.

Vi que sus dedos se hundían en la piel, intentando aplacar lo que fuera que sucedía ahí dentro.

Sí, aún teníamos mucho camino por delante, pero sabía que lo soportaría si los dos estábamos unidos. Sonreí. No necesitaba nada más.

—Me basta con eso.

99

Capítulo 9

Había oído que el rey iba a tomar el té con las chicas de la Élite y sabía que America no estaría en su habitación cuando llamé.

—Soldado Leger, qué alegría verle —dijo Anne, abriendo la puerta con una gran sonrisa.

Al oírla, Lucy y Mary se acercaron a saludarme.

—Hola, soldado Leger —dijo Mary.

—Lady America no está ahora mismo. Toma el té con la familia real —añadió Lucy.

—Sí, lo sé. Me preguntaba si podría charlar con ustedes, señoritas, un momento.

—Por supuesto —respondió Anne, que me hizo pasar amablemente.

Me acerqué hasta la mesa y ellas se apresuraron a traerme una silla.

—No —dije yo—. Siéntense ustedes.

Mary y Lucy se sentaron, mientras Anne y yo permanecimos de pie.

Me quité la gorra y apoyé una mano en el respaldo de la silla de Mary. Quería que se sintieran cómodas hablando conmigo, y esperaba que fuera más fácil quitándole algo de formalidad a la escena.

—¿En qué podemos ayudarle? —preguntó Lucy.

—Solo estaba haciendo un control de seguridad, y quería saber si han visto algo raro. Probablemente les suene tonto, pero las cosas más insignificantes pueden ayudarnos a garantizar la seguridad de la Élite. —Aquello tenía algo de cierto, pero la verdad es que no era misión nuestra recabar ese tipo de información.

Anne bajó la cabeza, pensativa, mientras Lucy ponía los ojos en el techo.

—No creo —dijo Mary.

—Bueno, Lady America ha estado menos activa desde Halloween —se le ocurrió decir a Anne.

—¿Por lo de Lady Marlee? —sugerí.

Las tres asintieron.

—No estoy segura de que lo haya superado —dijo Lucy—. Y la verdad es que no me extraña.

—Claro —confirmó Anne, dándole una palmadita en el hombro.

—Así pues, aparte de las salidas a la Sala de las Mujeres y a las comidas, ¿pasa la mayoría del tiempo en su habitación?

—Sí —confirmó Mary—. Antes ya lo hacía, pero estos últimos días… es como si quisiera esconderse.

De aquello deduje dos cosas importantes. En primer lugar, America ya no estaba viendo a Maxon a solas. En segundo lugar, nuestros encuentros seguían pasando desapercibidos, incluso a las personas más próximas a ella.

Aquellos dos detalles supusieron para mí una inyección de esperanza.

—¿Es que tendría que hacer algo más? —preguntó Anne.

Sonreí, porque ese era el tipo de pregunta que yo haría si fuera ella, para intentar buscar la solución a un problema.

—No lo creo. Presten atención a lo que ven y oyen, como siempre. Pueden contactar conmigo directamente en cualquier momento, si creen que algo no va bien.

Las tres parecían muy animosas, dispuestas a ayudar en lo posible.

—Es usted un gran profesional, soldado Leger —dijo Anne.

—Solo hago mi trabajo —repliqué yo meneando la cabeza—. Y, como saben, Lady America es de mi provincia, y quiero protegerla.

Mary se giró hacia mí.

—Qué gracioso que sean de la misma provincia y que ahora prácticamente se haya convertido en su guardia personal. ¿Vivían cerca el uno del otro, en Carolina?

—Más o menos —respondí, intentando no dar muchas pistas.

—¿La había visto antes, cuando eran más jóvenes? —preguntó Lucy, con una sonrisa radiante—. ¿Cómo era de niña?

No pude reprimir una sonrisa.

—Me la encontré alguna vez. Era un trasto. Siempre iba por ahí con su hermano. Tozuda como una mula, y, por lo que recuerdo, tenía mucho talento.

Lucy soltó una risita.

—Vamos, que lo mismo que ahora —comentó, y todas se rieron.

—Más o menos —confirmé.

Aquellas palabras hicieron que el pecho se me hinchara de orgullo. America era mil cosas para mí y, bajo aquellos vestidos de gala y aquellas joyas, ahí seguían todas.

—Debería bajar. Quiero asegurarme de llegar a tiempo al *Report* —me disculpé, pasando entre ellas para recoger la gorra.

—Quizá nosotras también deberíamos ir —sugirió Mary—. Ya es casi la hora.

—Desde luego.

El *Report* era el único programa de televisión que el personal estaba autorizado a ver, y solo había tres sitios donde verlo: la cocina, los talleres de costura y una gran sala común que generalmente acababa convirtiéndose en otro espacio de trabajo, en lugar de un sitio de encuentro. Yo prefería la cocina. Anne abrió el camino, mientras que Mary y Lucy se quedaron atrás, conmigo.

—He oído que tendremos visitas, soldado Leger —dijo Anne, e hizo una pausa para ver nuestra reacción—. Pero quizá solo sea un rumor.

—No, es cierto —respondí—. No conozco los detalles, pero he oído que va a haber dos fiestas.

—Vaya —se lamentó Mary, bromeando—. Ya veo que me va a tocar planchar manteles otra vez. Oye, Anne, te toque lo que te toque, ¿me lo cambias? —preguntó, dando una carrerita para alcanzarla, mientras se enzarzaban en un debate sobre qué tarea le tocaría a cada una.

Yo le ofrecí el brazo a Lucy.

—Señorita.

Ella sonrió y pasó el brazo por el mío, levantando la barbilla en un gesto ampuloso.

—Gracias, caballero.

Recorrimos el pasillo. Mientras charlaban sobre tareas pendientes y vestidos que había que acortar, me di cuenta de que con las doncellas de America siempre estaba a gusto.

Con ellas podía ser un Seis.

Me senté en una encimera, con Lucy a un lado y Mary al otro. Anne iba de un lado para otro, haciendo callar a la gente cuando iba a empezar el *Report*.

Cada vez que las cámaras enfocaban a las chicas, resultaba evidente que había pasado algo. America parecía alicaída.

Lo peor era ver que intentaba disimular y fracasaba estrepitosamente. ¿Qué le preocupaba tanto?

Por el rabillo del ojo vi que Lucy se retorcía las manos.

—¿Qué pasa? —le susurré.

—A la señorita le pasa algo. Lo veo en su rostro —dijo, llevándose una mano a la boca y mordisqueándose una uña—. ¿Qué le ha pasado? Lady Celeste parece una gata agazapada, preparada para el ataque. ¿Qué haremos si gana?

Puse la mano sobre la suya, que tenía en el regazo, y milagrosamente dejó de moverse y me miró, asombrada. Me dio la impresión de que nadie se preocupaba del estado de nervios de Lucy.

—Lady America estará bien.

Ella asintió, reconfortada por aquellas palabras.

—A mí me gusta —susurró—. Querría que se quedara. Y parece que todo el mundo se va cuando yo quiero que se queden.

Así que Lucy había perdido a alguien. Quizás a muchas personas. Tuve la sensación de que entendía sus problemas de ansiedad un poco mejor.

—Bueno, pues a mí me vas a tener aquí cuatro años —bromeé, dándole un suave codazo.

Ella sonrió, conteniendo las lágrimas.

—Eres muy buena persona, soldado Leger. Todas lo pensamos —dijo secándose las pestañas.

—Bueno, a mí también me parece que sois unas damas encantadoras. Siempre estoy a gusto en vuestra compañía.

—Nosotras no somos damas —respondió ella bajando la vista.

Negué con la cabeza.

—Si Marlee puede seguir siendo una dama porque se sacrificó por alguien que le importaba, vosotras desde luego también lo sois. Tal como yo lo veo, sacrificáis vuestra vida a diario. Dedicáis vuestro tiempo y vuestras energías a otra persona, y eso es exactamente lo mismo.

Vi que Mary miraba en mi dirección, para luego volver a concentrarse en el televisor. Quizás Anne también oyera mis palabras. Daba la impresión de que inclinaba el cuerpo para escuchar mejor.

—Eres el mejor guardia que tenemos, soldado Leger.

Sonreí.

—Cuando estemos aquí abajo, las tres me podéis llamar Aspen.

Capítulo 10

Mirar a la pared dejó de resultar interesante más o menos a la media hora de guardia. Ya era más de medianoche, y lo único que podía hacer era contar las horas hasta el alba. Pero al menos mi aburrimiento suponía que America estaba a salvo.

El día había transcurrido sin ningún hecho destacable, salvo la confirmación de los visitantes que iban a venir.

Mujeres. Muchas mujeres.

En parte, aquella noticia me animaba. Las damas que acudían a palacio solían ser menos agresivas físicamente. Pero con sus palabras podían provocar guerras, si no usaban el tono correcto.

Los miembros de la Federación Germánica eran viejos amigos, así que en cuestión de seguridad aquello contaba a nuestro favor.

Los italianos eran impredecibles.

Llevaba toda la noche pensando en America, preguntándome qué significaba aquella aparición suya en el *Report*. Aunque no estaba seguro de querer preguntárselo. Dejaría que fuera ella quien decidiera. Si tenía ocasión y quería explicármelo, la escucharía. Ahora mismo tendría que concentrarse en lo que se le venía encima. Cuanto más tiempo se quedara en palacio, más tiempo la tendría a mi lado.

Eché los hombros atrás e hice crujir los huesos. Ya solo me quedaban unas horas. Me enderecé y descubrí un par de ojos azules que asomaban por el borde del pasillo.

—¿Lucy?

—Hola —respondió ella, saliendo al descubierto.

Tras ella iba Mary, con una cestita en el brazo cubierta con un paño.

—¿Os ha llamado Lady America? ¿Pasa algo? —pregunté, echando mano de la manilla para abrirles la puerta.

Lucy se puso una mano sobre el pecho en un gesto delicado, aparentemente nerviosa.

—Oh, no, todo está bien. Hemos venido a ver si estabas tú.

Eché la mano atrás e hice una mueca de sorpresa.

—Bueno, sí, claro que estoy. ¿Necesitáis algo?

Ellas se miraron la una a la otra. Fue Mary la que habló:

—Nos hemos dado cuenta de que estos últimos días has hecho muchos turnos. Hemos pensado que quizá tendrías hambre —dijo, retirando el trapo y dejando al descubierto un pequeño surtido de bollos, pastas y pan, probablemente restos de los preparativos para el desayuno.

Esbocé una sonrisa.

—Es un detalle por vuestra parte, pero, en primer lugar, no puedo comer cuando estoy de servicio, y en segundo, habréis observado que estoy bastante fuerte. —Flexioné el brazo y ellas soltaron una risita—. Puedo cuidarme.

Lucy ladeó la cabeza.

—Ya sabemos que eres fuerte, pero aceptar ayuda también es de fuertes.

Sus palabras casi me dejan sin aliento. Ojalá alguien me hubiera dicho aquello meses atrás. Me podría haber ahorrado mucho dolor.

Las miré a los ojos. Tenían una expresión parecida a la de America aquella última noche en la casa del árbol: cálida, esperanzada, ansiosa. Fijé la vista en la cesta de comida. ¿De verdad iba a seguir apartando de mi lado a la gente que me hacía sentir bien?

—Bueno, pero con una condición: si viene alguien, me habéis reducido por la fuerza y me habéis obligado a comer. ¿De acuerdo?

Mary sonrió y me tendió la cesta.

—De acuerdo.

Cogí un trozo de bollo de canela y le di un bocado.

—Vosotras también vais a comer, ¿no? —pregunté mientras masticaba.

Lucy dio unas palmaditas de emoción y rápidamente echó mano a la cesta. Mary enseguida hizo lo mismo.

—Bueno, ¿y qué técnicas de lucha usáis? —bromeé—. Quiero decir, que tenemos que asegurarnos de que nuestras coartadas encajan.

Lucy se rio tapándose la boca.

—Pues la verdad es que eso no entra dentro de nuestras competencias.

Fingí asombro.

—¿Cómo? Esto aquí es muy importante. Limpiar, servir y combatir cuerpo a cuerpo.

Ellas siguieron comiendo, conteniendo una risita.

—Lo digo en serio. ¿Quién es vuestro jefe? Le voy a escribir una carta.

—Se lo comentaremos a la jefa de doncellas por la mañana —prometió Mary.

—Bien. —Di un bocado y sacudí la cabeza, haciéndome el ofendido.

Mary tragó un bocado.

—Eres muy divertido, soldado Leger.

—Aspen.

Ella volvió a sonreír.

—Aspen. ¿Piensas seguir aquí cuando acabes el periodo de servicio en palacio? Estoy segura de que, si lo solicitas, te darán el puesto de guardia permanente.

Ahora que era un Dos, tenía claro que quería seguir siendo soldado…, pero ¿en palacio?

—No lo creo. Mi familia está en Carolina, así que intentaré pedir el traslado allí.

—Es una pena —murmuró Lucy.

—Es pronto para ponerse triste. ¡Aún me quedan cuatro años!

—Es verdad —respondió ella con una sonrisa minúscula.

Pero estaba claro que aquello no la había tranquilizado. Recordé que Lucy me había dicho que la gente que era importante para ella siempre acababa yéndose de su lado. Me produjo una sensación agridulce pensar que, de algún modo, me había convertido en alguien importante para ella. Ella también me importaba, por supuesto. Igual que Anne y Mary. Pero la relación que tenía con ellas era casi exclusivamente a través de America. ¿Cómo era que me había convertido en alguien significativo en sus vidas?

—¿Tienes mucha familia? —me preguntó Lucy.

Asentí.

—Tres hermanos: Reed, Becken y Jemmy. Y tres hermanas: Kamber y Celia, que son gemelas, e Ivy, que es la más pequeña. Y mi madre.

Mary volvió a tapar la cesta.

—¿Y tu padre?

—Murió hace unos años.

Por fin había llegado a un punto en mi vida en que podía decirlo sin venirme abajo. Solía afectarme muchísimo, porque aún lo echaba de menos. Toda la familia lo añoraba. Pero tenía suerte. Algunos padres de las castas más bajas simplemente desaparecían, dejando atrás a sus familiares, que tenían que buscarse la vida o acababan hundiéndose en la miseria.

Mi padre no: había hecho todo lo que había podido por nosotros, hasta el final. Como éramos Seises, la vida siempre había sido dura, pero él nos mantenía a flote, nos permitió conservar cierto orgullo en lo que hacíamos y lo que éramos. Yo quería ser así.

La paga era mejor en palacio, pero podría ocuparme mejor de mi familia cuando estuviera más cerca de casa.

—Lo siento —dijo Lucy, en voz baja—. Mi madre también murió hace unos años.

Saber que Lucy había perdido a la persona más importante de su vida hizo que la viera de otro modo. Todo cuadraba un poco más.

—Nunca es lo mismo, ¿verdad?

Ella meneó la cabeza, con la vista fija en la moqueta.

—Pero, aun así, tenemos que buscar el lado bueno de las cosas.

Levantó la mirada y en su cara vi un leve rastro de esperanza. No pude evitar observarla detenidamente.

—Es gracioso que digas eso.

Ella miró a Mary y luego de nuevo a mí.

—¿Por qué?

Me encogí de hombros.

—No sé. —Me metí el último trozo de pan en la boca y me limpié las migas de los dedos—. Gracias por la comida, chicas, pero deberíais iros. No es muy seguro pasearse por el palacio de noche.

—Tienes razón —dijo Mary—. Y probablemente deberíamos estar practicando esas técnicas de lucha.

—Probad a echaros encima de Anne —le aconsejé—. Nunca subestiméis el factor sorpresa.

—No lo haremos —respondió, riéndose de nuevo—. Buenas noches, soldado Leger —añadió, y dio media vuelta para emprender el regreso.

—Esperad —les dije, y las dos se pararon. Señalé hacia la pared que ocultaba un pasaje secreto—. ¿Por qué no volvéis por ahí? Me sentiría mucho más tranquilo.

Ellas sonrieron.

—Por supuesto.

Mary y Lucy se despidieron saludando con la mano. Cuando llegaron a la pared y Mary empujó para abrir el pasaje, Lucy le susurró algo al oído. Mary asintió y se metió enseguida, pero ella volvió a mi lado.

Movía los dedos nerviosamente, con aquellos tics típicos en ella.

—No se... No se me da bien decir las cosas —reconoció, agitándose un poco—. Pero quería darte las gracias por portarte tan bien con nosotras.

—No es nada —dije yo, sacudiendo la cabeza.

—Para nosotras sí que lo es. —En sus ojos había una intensidad que no había visto hasta entonces—. Por mucho que las chicas de la lavandería o las de las cocinas nos digan la suerte que tenemos, no parece que sea tanta hasta que alguien te demuestra que te aprecia. Lady America lo hace, y ninguna de nosotras lo esperábamos. Pero tú también lo haces. Ambos sois amables, incluso sin proponéroslo. —Sonrió—. Solo quería decirte que para nosotras significa mucho. Quizá para Anne más que para nadie, pero ella nunca lo diría.

No sabía qué responder. Tras debatirme un momento, lo único que se me ocurrió fue:

—Gracias.

Lucy asintió y, sin saber qué más decir, se dirigió al pasaje.

—Buenas noches, señorita Lucy.

—Buenas noches, Aspen.

Cuando se marchó, la mente se me fue de nuevo a America. La había visto muy decaída, pero me preguntaba si tenía alguna idea de cómo afectaba su actitud a la gente que la rodeaba. Su padre tenía razón: era demasiado buena para aquel lugar.

Tendría que encontrar un momento para decirle lo mucho que, sin saberlo, estaba ayudando a la gente. De momento, esperaba que estuviera descansando, sin pensar en lo que fuera que...

De pronto, me giré al ver a tres mayordomos corriendo, uno de ellos tropezando. Fui al extremo del pasillo para ver de qué huían. Entonces sonó la sirena.

Era la primera vez que la oía, pero sabía lo que significaba: rebeldes.

Entré corriendo en la habitación de America. Si la gente estaba corriendo, quizá ya nos habíamos quedado atrás.

—¡Maldita sea! —murmuré. Tenía que vestirse enseguida.

—¿Eh? —dijo ella, adormilada.

Ropa. Tenía que encontrar su ropa.

—¡Levántate, Mer! ¿Dónde están tus malditos zapatos?

Ella retiró el edredón y bajó de la cama, metiendo los pies en los zapatos directamente.

—Aquí. Necesito mi bata —respondió, señalando, mientras se ajustaba los zapatos. Menos mal que entendía la urgencia de la situación.

Encontré la bata, hecha un ovillo a los pies de la cama, e intenté desenmarañarla.

—No te preocupes. Yo la llevo —dijo, cogiéndomela de las manos.

Salí corriendo hacia la puerta.

—Tienes que darte prisa. No sé lo cerca que están.

Asintió. Sentía la adrenalina corriendo por mis venas. Sabía que no era el momento, pero, aun así, tiré de ella, abrazándola en la oscuridad.

Apoyé mis labios contra los suyos, pasándole una mano por entre el cabello.

Aquello era una tontería. Enorme. Pero tenía que hacerlo. Me daba la sensación de que había pasado una eternidad desde la última vez que nos habíamos besado con aquella intensidad, y, aun así, fue algo de lo más natural. Sus labios eran cálidos y desprendían el sabor familiar de su piel. Bajo un suave aroma a vainilla, la olía también a ella, el olor natural de su cabello, sus pómulos y su cuello.

Me habría quedado allí toda la noche, y notaba que ella también, pero tenía que llevarla al refugio.

—Ahora vete —le ordené, empujándola hacia el pasillo.

Sin mirar atrás, doblé la esquina en busca de lo que fuera que me aguardara. Desenfundé la pistola, mirando en ambas direcciones, en busca de algo que estuviera fuera de lugar. Vi el vuelo de la falda de una doncella en el momento en que se metía en uno de los refugios. Esperaba que Lucy y Mary ya hubieran llegado junto a Anne, que las tres estuvieran ocultas en sus dependencias, lejos del peligro.

Distinguí el inconfundible ruido de disparos y me lancé por el pasillo hacia la escalera principal. Daba la impresión de que los rebeldes no habían pasado de la planta baja, así que me agazapé en la esquina de la pared, observando la curva de las escaleras, esperando.

Un momento más tarde, alguien subió las escaleras a la carrera. Tardé menos de un segundo en identificar al hombre como un intruso. Apunté y disparé. Le di en el brazo. Con un gruñido, el rebelde cayó atrás, y vi que un guardia se lanzaba sobre él para capturarlo.

Un estruendo al otro lado del pasillo me dijo que los rebeldes habían encontrado la escalera lateral y que habían llegado hasta el primer piso.

—¡Si encontráis al rey, matadlo! ¡Llevaos todo lo que podáis! ¡Que sepan que hemos estado aquí! —gritó una voz.

Avancé lo más silencioso que pude hacia el origen de las voces, escondiéndome en las esquinas y escrutando el pasillo repetidamente. Una de las veces que miré atrás, vi a otros dos hombres de uniforme. Les indiqué con un gesto que fueran despacio. Cuando se acercaron, comprobé que eran Avery y Tanner. No podía haber pedido mejores refuerzos. Avery era un excelente tirador, y Tanner siempre lo daba todo, porque te-

111

nía más que perder que la mayoría de nosotros si las cosas salían mal.

Tanner era uno de los pocos soldados que se habían alistado ya casado. Nos repetía una y otra vez lo mucho que se quejaba su mujer de que llevara el anillo de boda en el pulgar, pero era el de su abuelo, y no tenía modo de reducir el tamaño. Le prometió que sería lo primero en lo que se gastaría el dinero cuando volviera a casa, junto con un anillo mejor para ella.

Su mujer era su America. Lo hacía todo por ella.

—¿Qué pasa? —susurró Avery.

—Creo que acabo de oír al cabecilla. Ha ordenado a sus hombres que maten al rey y que roben todo lo que puedan.

Tanner irguió el cuerpo, con la pistola preparada.

—Tenemos que encontrarlos y asegurarnos de que siguen recto y se alejan del refugio.

Asentí.

—Puede que sean demasiados para nosotros, pero, si pasamos desapercibidos, creo que...

En el otro extremo del pasillo se abrió una puerta con gran estruendo; un mayordomo salió corriendo, con dos rebeldes tras él. Era el mayordomo joven, el de la cocina. Estaba desesperado. Los rebeldes llevaban lo que parecían aperos de labranza, así que no podrían devolvernos los disparos.

Me giré, me puse en posición y apunté:

—¡Al suelo! —grité.

El mayordomo obedeció. Disparé. Di a uno de los rebeldes en la pierna. Avery le dio al otro, pero, intencionadamente o no, su disparo fue mucho más letal.

—Voy a reducirlos —apuntó Avery—. Encontrad al cabecilla.

Vi que el mayordomo se ponía en pie y se metía a toda prisa en un dormitorio, sin pensar en lo fácil que sería que entrara cualquiera. Necesitaba sentirse seguro tras una puerta.

Oí más disparos. Aquel ataque sería de los duros. La mente se me aceleró; se aguzaron los sentidos. Tenía una misión. Eso era lo único que importaba.

Tanner y yo subimos hasta la segunda planta, donde encontramos varias mesas tiradas, obras de arte por los suelos y plantas destrozadas. Un rebelde estaba pintando algo en la pared con una especie de pintura grumosa. Enseguida me situé tras él y le asesté un golpe en la nuca con la culata de la pistola. Cayó al suelo. Me agaché para comprobar si iba armado.

Un segundo más tarde se oyó una nueva andanada de disparos en el otro extremo del pasillo. Tanner me arrastró detrás de un sofá volcado en el suelo. Cuando el ruido cesó, asomamos la cabeza para hacer balance de los daños.

—Yo he contado seis —dijo.

—Yo también. Puedo ocuparme de dos, quizá de tres.

—Con eso bastará. Los que queden quizá salgan corriendo. O puede que tengan pistolas.

Miré alrededor. Cogí una esquirla de espejo roto, corté un trozo de la tapicería del sofá y lo envolví con ella.

—Usa esto si se acercan demasiado.

—Bien —respondió Tanner, y apuntó con la pistola.

Yo hice lo mismo.

Los disparos fueron rápidos. Abatimos a dos rebeldes cada uno. Enseguida los otros dos se giraron y vinieron corriendo hacia nosotros, en lugar de huir. Recordé las órdenes de mantener a los rebeldes con vida para interrogarlos, así que les disparé a las piernas, pero, como se movían tan rápidamente, no acerté ni un disparo.

De pronto vimos a un tipo corpulento lanzándose hacia el lado del pasillo donde estaba Tanner, mientras otro mayor, enjuto y con una mirada rabiosa, se lanzó hacia mí. Enfundé el arma, preparándome para la lucha.

—Maldita sea, te ha tocado el bueno —comentó Tanner, antes de sortear el sofá y lanzarse a la carrera hacia su oponente.

Yo salí décimas de segundo después. El otro rebelde vino hacia mí, gritando con las manos extendidas como tenazas. Le agarré uno de los brazos y le clavé mi cuchillo improvisado en el pecho.

No era un tipo especialmente fuerte, y casi me dio pena. Cuando le agarré del brazo, sentí enseguida el contacto de sus huesos.

Soltó un quejido y cayó de rodillas; le agarré los brazos y se los puse tras la espalda. Se los inmovilicé con unas bridas, igual

113

que las piernas. Mientras le ataba, alguien me agarró por detrás y me lanzó contra un retrato que había cerca, haciendo que me cortara la frente con el cristal.

Estaba mareado y me caía sangre en los ojos, con lo que me costaba aún más plantar cara. Por un momento, me entró el pánico, hasta que recordé lo que había aprendido en la instrucción. Me agaché al sentir que me agarraba por detrás, e hice palanca para lanzarlo por encima de mi hombro.

Aunque era mucho más grande que yo, cayó sobre el suelo, lleno de escombros. Estaba buscando más bridas para atarlo cuando otro rebelde cargó contra mí y me hizo caer.

Estaba en el suelo y tenía a un hombre enorme sentado sobre mi vientre y agarrándome los brazos. Desprendía un aliento fétido.

—Llévame adonde está el rey —ordenó con una voz rasposa.

Negué con la cabeza.

Me soltó los brazos, agarrándome por las solapas. Estiré las manos intentando darle en la cara. Pero entonces me empujó. Me di un buen golpe en la cabeza contra el suelo y mis manos cayeron hacia atrás. La mente se me nubló y sentí que me faltaba el aliento. El rebelde me agarró de la cabeza, obligándome a mirarle a la cara.

—¿Dónde... está... el... rey? —repitió, remarcando cada sílaba.

—No lo sé —respondí, jadeando y con la cabeza dolorida.

—Venga, guapito. Entrégame al rey, y puede que te deje vivir.

No podía mencionar lo del refugio. Aunque odiara las cosas que hacía el rey, entregarle significaba entregar a America, y eso era impensable.

Podría mentir. Quizá así ganaría tiempo para buscar una salida.

O podría morir.

—Tercer piso —mentí—. Refugio secreto en el ala este. Maxon también está ahí.

Sonrió, y con una risa corta me lanzó su asqueroso aliento.

—Bueno, no ha sido tan difícil, ¿ves? Quizá, si me lo hubieras dicho a la primera, ahora no tendría que hacer esto.

Me agarró el cuello con sus toscas manos y apretó. Aquello era una tortura que se sumaba al dolor de cabeza que ya tenía.

Agité las piernas y levanté la cadera, intentando quitármelo de encima. Era inútil. Era demasiado grande. Sentí que los miembros dejaban de responderme al perder todo el oxígeno.

¿Quién se lo diría a mi madre?

¿Quién se ocuparía de mi familia?

Al menos había podido besar a America una última vez.

Una última vez.

Vez.

Entre la bruma, oí un disparo y sentí cómo aquel tipo enorme quedaba inerte y caía de lado. La garganta me hacía ruidos raros al aspirar aire de nuevo.

—¿Leger? ¿Estás bien?

Lo veía todo negro, así que no distinguí el rostro de Avery. Pero le oía. Y con eso me bastaba.

Capítulo 11

*E*l parte lo dieron en el pabellón hospitalario, al ser tantos los soldados que habíamos acabado allí.

—Nos parece un éxito que solo hayamos perdido a dos hombres esta noche —nos informó el comandante—. Teniendo en cuenta sus fuerzas, el hecho de que hayáis sobrevivido es una prueba de vuestro gran entrenamiento y de vuestras habilidades personales.

Hizo una pausa, quizás esperando que aplaudiéramos, pero estábamos demasiado abatidos para eso.

—Tenemos retenidos a veintitrés rebeldes, a quienes se les dictará sentencia tras el interrogatorio. Eso es fantástico. No obstante, me ha decepcionado el recuento de cadáveres —añadió mirándonos—. Diecisiete. Diecisiete rebeldes muertos.

Avery bajó la cabeza. Ya me había confesado que dos de ellos eran cosa suya.

—No debéis matar a menos que vosotros mismos u otro guardia esté siendo amenazado directamente, o si veis a un rebelde atacando a un miembro de la familia real. Necesitamos a esta escoria viva, para interrogarla.

Oí unos cuantos murmullos apagados por el pabellón. Aquella era una orden que no me gustaba. Podíamos acabar mucho más rápido con el asunto simplemente eliminando a los rebeldes que entraban en palacio. Pero el rey quería respuestas, y corría el rumor de que tenía sus propios métodos para torturar a los rebeldes y sacarles información. Esperaba no llegar nunca a conocer aquellos métodos.

—Dicho esto, todos habéis hecho una labor excelente protegiendo el palacio y eliminando la amenaza. Salvo para los que tengan heridas graves, vuestros puestos serán los mismos que se os asignaron en un principio. Dormid todo lo que podáis y preparaos. Va a ser un día muy largo, tal como está el palacio.

El jefe de mayordomos había decidido que lo mejor sería que la familia real y la Élite trabajaran fuera mientras el personal se ocupaba de volver a poner el palacio presentable. Las mujeres de la Federación Germánica y la familia real italiana iban a llegar dentro de unos días, por lo que las doncellas ya no daban abasto con los preparativos.

Entre el sol cegador, el agotamiento y mi uniforme almidonado, ya me sentía incómodo. Eso, sumado al terrible dolor de la herida de la cabeza, a las magulladuras ocultas del cuello y a un porrazo que ni recordaba haber recibido en la pierna, hacía que me sintiera fatal.

Lo único bueno de aquel día era que, tal como habían montado las cosas, podía estar cerca de America. La miré, sentada junto a Kriss, planificando el evento. Aparte de con Celeste, nunca había visto a America disgustada con ninguna otra de las chicas, pero su lenguaje corporal me hacía pensar que estaba molesta con Kriss. Esta, no obstante, parecía del todo ajena a su enfado, charlando tranquilamente con America y lanzando miradas a Maxon una y otra vez. Me preocupó un poco que America siguiera la mirada de Kriss, pero dudaba de que sus sentimientos hubieran cambiado. ¿Cómo podía siquiera mirar al príncipe y no acordarse de los gritos de Marlee?

117

Por las carpas y las mesas dispuestas por el césped daba casi la impresión de que la familia real estuviera celebrando una fiesta al aire libre. Si no lo hubiera visto con mis propios ojos, no podría haber imaginado siquiera que el palacio había sido atacado. Allí, todo el mundo solía olvidarse enseguida de los ataques y seguía con su vida.

No tenía ni idea de si aquello era porque pensar demasiado en los ataques no hacía más que volverlos mucho más aterradores, o si era porque simplemente no tenían tiempo para ello. Se me ocurrió pensar que si la familia real se parara a pensar detenidamente en los ataques, quizás encontrarían un modo mejor de evitarlos.

—No sé ni por qué me preocupo siquiera —dijo el rey, levantando la voz un poco más de lo necesario—. Le entregó un papel a alguien y le dio una orden en voz baja—. Borra las anotaciones que ha hecho Maxon al margen: no hacen más que distraer.

Las palabras llegaban a mis oídos, pero mi vista estaba fija en la de America. Me miró atentamente. Estaba claro que le preocupaba el vendaje de mi cabeza y mi cojera. Le guiñé el ojo, esperando que así se calmara. No estaba seguro de poder aguantar todo un día de guardia y luego cambiarle el turno a alguien para vigilar frente a su puerta por la noche, pero si aquel era el único modo para...

—¡Rebeldes! ¡Corran!

Me giré hacia las puertas de palacio, seguro de que alguien se habría confundido.

—¿Qué? —respondió Markson.

—¡Rebeldes! ¡Dentro del palacio! —gritó Lodge—. ¡Vienen hacia aquí!

Vi que la reina se ponía en pie de un salto y echaba a correr hacia el lateral del palacio, en dirección a una entrada secreta, protegida por sus doncellas.

El rey agarró a toda velocidad sus papeles. Yo, en su lugar, me habría preocupado más de salvar el cuello que no de perder información, fuera lo que fuera lo que decían aquellos documentos.

America se había quedado inmóvil en su silla. Di un paso adelante para sacarla de allí, pero Maxon se me adelantó y me colocó a Kriss entre los brazos.

—¡Corre! —me gritó. Yo dudé, pensando en America—. ¡Corre!

Hice lo que tenía que hacer y salí corriendo de allí, mientras Kriss no dejaba de llamar a Maxon. Décimas de segundo más tarde, oí disparos y vi una marabunta de personas saliendo del palacio, soldados y rebeldes mezclados.

—¡Tanner! —grité, viendo que se dirigía hacia la refriega y cortándole el paso. Le coloqué a Kriss entre los brazos—. Sigue a la reina.

Obedeció sin preguntar. Di media vuelta en busca de Mer.

—¡America! ¡No! ¡Vuelve! —gritó Maxon.

Vi hacia donde miraba y la localicé corriendo desesperadamente hacia el bosque, con los rebeldes pisándole los talones. No.

El ruido rítmico de los disparos de los guardias acentuaba su carrera, acelerada y peligrosa. Los rebeldes estaban a punto de atraparla, cargados con bolsas llenas. Parecían más jóvenes y más en forma que el grupo de la noche anterior. Me pregunté si serían sus hijos, intentando acabar lo que habían empezado sus padres.

Saqué la pistola y apunté. Tenía en el punto de mira la nuca de un rebelde. Disparé tres tiros rápidos, pero el tipo trazó un zigzag y desapareció tras un árbol, de modo que no le di.

Maxon dio unos pasos desesperados en dirección al bosque, pero su padre le agarró antes de que llegara muy lejos.

—¡Agáchate! —gritó Maxon, zafándose de la mano de su padre—. ¡Vais a darle a ella! ¡Alto el fuego!

Aunque America no era miembro de la familia real, dudaba de que a nadie le importara si matábamos a aquellos rebeldes sin pensárnoslo. Corrí hacia delante, volví a apuntar y disparé dos veces. Nada.

Maxon me agarró por el cuello de la guerrera.

—¡He dicho que alto el fuego!

Aunque yo era cinco o seis centímetros más alto que él, y siempre lo había tenido por un cobarde, la rabia que vi en sus ojos exigía respeto.

—Perdóneme, señor.

Me soltó de un empujón, se giró y se pasó la mano por el cabello. Nunca le había visto tan tenso. Me recordó a su padre cuando estaba a punto de estallar.

Todo lo que él dejaba ver por fuera, yo lo sentía por dentro. Una de las chicas de su Élite se había ido; la única chica a la que yo había amado había desaparecido. No sabía si podría escapar de los rebeldes o encontrar un escondrijo. Tenía el corazón acelerado por el miedo y, al mismo tiempo, estaba desesperanzado.

Le había prometido a May que no permitiría que nadie le hiciera daño. Y no había cumplido mi promesa.

Miré hacia atrás, sin saber muy bien qué esperaba ver. Las chicas y el personal se habían puesto a salvo. Allí no quedaba nadie más que el príncipe, el rey y una docena de guardias.

119

Por fin Maxon levantó la vista y nos miró. Su expresión me recordó a la de un animal enjaulado.

—Id a por ella. ¡Rápido! —gritó.

Me planteé salir corriendo hacia el bosque; quería llegar hasta America antes que nadie. Pero ¿cómo la encontraría?

Markson dio un paso adelante:

—Venga, chicos, vamos a organizarnos —propuso, y le seguimos hacia el campo.

Caminaba con dificultad, pero intenté calmarme. Tenía que estar más despierto que nunca. «Vamos a encontrarla —me prometí—. Es más dura de lo que nadie se imagina.»

—Maxon, ve con tu madre —oí que ordenaba el rey.

—No lo dirás en serio. ¿Cómo voy a quedarme sentado en algún refugio mientras America está desaparecida? Podría estar muerta —respondió.

Me giré y le vi arqueando el cuerpo, con náuseas, a punto de vomitar solo de pensarlo.

El rey le puso derecho, agarrándolo firmemente por los hombros y sacudiéndolo.

—Recobra la compostura. Te necesitamos seguro. Vete. Ya.

Maxon apretó los puños y flexionó ligeramente los codos. Por un momento, incluso me pareció capaz de soltarle un puñetazo a su padre.

Quizá no fuera cosa mía, pero estaba seguro de que el rey podía hacer picadillo a Maxon si quería. Y no deseaba que el tipo muriera allí mismo.

Tras respirar con fuerza unas cuantas veces, Maxon se liberó del agarre de su padre y entró en palacio de mala gana.

Volví a mirar adelante, esperando que el rey no se hubiera dado cuenta de que alguien los había observado. Cada vez estaba más seguro de que el rey estaba insatisfecho con su hijo. Después de aquello, no podía dejar de pensar que la cosa iba mucho más allá de unas notas al margen mal puestas en un documento.

¿Por qué alguien tan preocupado por la seguridad de su hijo iba a mostrarse tan… agresivo con él?

Llegué a la altura del resto de los soldados justo cuando Markson empezaba a hablar:

—¿Alguno conoce bien este bosque?

Todos guardamos silencio.

—Es muy grande, y nada más entrar se ensancha muchísimo, como veis. Los muros del palacio se extienden más de cien metros y se unen atrás, pero el situado en la parte más alejada del bosque está algo abandonado. A los rebeldes no les costaría demasiado llegar a un tramo en mal estado, especialmente teniendo en cuenta lo poco que les ha llevado pasar por los tramos más seguros de delante.

Estupendo.

—Vamos a extendernos en línea y a caminar despacio. Buscad huellas, cosas que se les hayan caído, ramas rotas, cualquier cosa que pueda indicarnos dónde se la han llevado. Si oscurece, volveremos a buscar linternas y hombres de refresco —dijo mirándonos a todos—. No quiero volver con las manos vacías. Vamos a traer a la señorita, viva o muerta. No vamos a dejar al rey y al príncipe sin respuestas esta noche. ¿Me entendéis?

—Sí, señor —grité, y los demás me siguieron.

—Bien. Adelante.

No habíamos avanzado más que unos metros cuando Markson levantó una mano, haciéndome parar.

—Cojea bastante, Leger. ¿Está seguro de que puede hacer esto?

El corazón se me detuvo por un momento. Me imaginé explotando de cólera, como Maxon. Por nada del mundo iba a quedarme atrás.

—Estoy perfectamente, señor —le aseguré.

Markson me repasó con la mirada otra vez.

—Para esto necesitamos un equipo fuerte. Quizá debería quedarse atrás.

—No, señor —respondí enseguida—. Nunca he desobedecido una orden, señor. No me obligue a hacerlo ahora.

Mi expresión era de lo más seria. Seguro que vio en mis ojos que estaba decidido a ir. Esbozó una sonrisa, asintió y emprendió el camino hacia los árboles.

—Bien. Pues vamos.

Era como si todo avanzara a cámara lenta. Llamábamos a America, y nos parábamos a escuchar a la espera de alguna respuesta. Sin embargo, cuando oíamos algo, lo que, al principio,

121

parecía una voz no era más que el rumor de la brisa. De vez en cuando, alguien encontraba una huella, pero la tierra estaba tan seca que el rastro desaparecía dos pasos más allá. Eso no nos hacía más que perder el tiempo. Dos veces encontramos jirones de tela en unas ramas bajas, pero nada encajaba con lo que America llevaba puesto. Lo peor fueron las gotas de sangre que encontramos. Nos detuvimos casi una hora para mirar entre cada árbol, para explorar cada piedra a la que podía dársele la vuelta.

Iba a anochecer. Muy pronto no tendríamos luz.

Los demás siguieron adelante, pero yo me detuve un minuto. En cualquier otra situación, aquel lugar, en aquel momento de la noche, me habría parecido bonito. La luz se filtraba, casi como si no fuera del sol, sino algo espectral. Los árboles extendían sus ramas unos hacia otros, como si buscaran compañía desesperadamente. El bosque presentaba un aspecto misterioso.

Debía prepararme ante la posibilidad de tener que salir de allí sin ella. O, peor aún, con su cadáver en los brazos. Aquella idea me resultaba insoportable. ¿Por qué iba a luchar en este mundo más que por ella?

Intenté buscar algo positivo. Pero lo único positivo que tenía era ella.

Reprimí las lágrimas y saqué fuerzas de flaqueza. Tenía que seguir luchando.

—Aseguraos de mirar por todas partes —nos recordó Markson—. Si la han matado, puede que la hayan colgado o que hayan intentado enterrarla. Fijaos bien.

Sus palabras me revolvieron el estómago de nuevo, pero realicé un esfuerzo por no hacer caso.

—¡Lady America! —grité.

—¡Estoy aquí!

Agucé el oído, incrédulo.

—¡Por aquí!

América apareció corriendo hacia mí, descalza y sucia. Enfundé el arma para abrirle los brazos.

—Gracias a Dios. —Suspiré. Quería besarla allí mismo. Pero respiraba entre mis brazos; tendría que conformarme con eso—. ¡La tengo! ¡Está viva! —les grité a los demás.

122

Poco a poco, nos fueron rodeando un buen número de hombres uniformados.

Temblaba un poco. Era evidente que todo aquello la había impresionado.

Cojo o no, la tenía entre mis brazos. La acerqué a mi cuerpo y ella me puso las manos tras la cabeza.

—Estaba aterrado, pensando que encontraríamos tu cadáver en algún sitio —confesé—. ¿Estás herida?

—Solo tengo rasguños en las piernas.

Miré hacia abajo; tenía algún corte con sangre. Con todo, habíamos tenido suerte.

Markson se detuvo frente a nosotros, intentando contener su alegría por haberla encontrado.

—Lady America, ¿está bien?

—Solo tengo unos rasguños en las piernas.

—¿Han intentado hacerle daño?

—No. No llegaron a pillarme.

«Esa es mi chica», pensé.

Al oír aquello, todos parecían sorprendidos y encantados, pero Markson era, con mucho, el más contento de todos.

—Ninguna de las otras chicas podría haber escapado corriendo, supongo.

América resopló y sonrió.

—Ninguna de las otras chicas es una Cinco.

Yo me reí, y oí que los demás también lo hacían. No toda la experiencia de las castas bajas resultaba inútil.

—Ahí tiene razón —concedió Markson, dándome una palmada en la espalda sin dejar de mirar a America—. Volvamos a palacio —añadió, y gritó algunas órdenes más.

—Sé que eres lista y que corres mucho, pero me has dado un susto de muerte —le dije cuando nos pusimos en marcha.

—Le he mentido al oficial —me respondió ella al oído.

—¿Qué quieres decir?

—Que sí llegaron a alcanzarme.

Me la quedé mirando, preguntándome qué le habría pasado para que no quisiera confesarlo delante de los demás.

—No me hicieron nada, pero una chica me vio. Me hizo una reverencia y salió corriendo.

Sentí alivio. Luego confusión.

123

—¿Una reverencia?

—A mí también me sorprendió. No parecía enfadada y no se mostró amenazante. De hecho, parecía una chica normal. —Hizo una pausa y luego añadió—: Llevaba libros. Muchos.

—Parece que eso ocurre a menudo —le dije—. No tenemos ni idea de para qué los utilizan. Supongo que los usarán para hacer fuego. Tal vez donde viven pasen frío.

Cada vez parecía más claro que los rebeldes simplemente querían acabar con todo lo que tenía el palacio: sus obras de arte, sus muros e incluso la sensación de seguridad; llevarse las preciadas posesiones del rey como combustible parecía un gran gesto de desprecio hacia la monarquía.

Si no hubiera visto en primera persona lo crueles que podían ser, me habría parecido gracioso.

Los otros estaban tan cerca que nos mantuvimos en silencio el resto del camino, pero la caminata me pareció mucho más corta con America tan cerca. Ojalá hubiera sido más larga. Después de aquello, no quería tenerla en ningún sitio donde no pudiera verla.

—Los próximos días puede que esté muy ocupado, pero intentaré ir a verte pronto —susurré en cuanto tuvimos el palacio a la vista. Ahora tendría que devolvérsela a ellos.

—De acuerdo —respondió acercándose.

—Llévala a ver al doctor Ashlar, Leger, y luego puede retirarse. Buen trabajo —dijo Markson, dándome una nueva palmada en la espalda.

Los pasillos aún estaban llenos de personal limpiando los destrozos del primer ataque; las enfermeras se dieron tanta prisa cuando llegamos al pabellón hospitalario que no pude volver a hablar con America. Pero, en el momento en que la tendía en la cama, observando su vestido hecho jirones y los cortes de sus piernas, no pude evitar pensar que todo aquello era culpa mía. Si volvía atrás, hasta el principio, no me quedaba duda. Tenía que hacer algo para arreglarlo.

America estaba durmiendo cuando me colé de nuevo en el pabellón hospitalario, entrada la noche. Estaba más limpia, pero su expresión parecía de preocupación, incluso durmiendo.

—Hola, Mer —susurré rodeando su cama.

No se movió. No me atreví a sentarme, aunque pudiera usar la excusa de haber ido a ver cómo estaba la chica a la que había rescatado. Me quedé de pie, con mi uniforme recién planchado, que me quitaría en cuanto hubiera entregado mi mensaje.

Alargué la mano para tocarla, pero luego la retiré. Miré su rostro somnoliento y hablé.

—Yo… he venido a decirte que lo siento. Por lo de hoy, quiero decir. —Cogí aire—. Debería haber salido detrás de ti. Tendría que haberte protegido. No lo hice, y pudiste haber muerto.

Ella fruncía y relajaba los labios en sueños.

—La verdad es que hay muchas otras cosas que siento —admití—. Siento haberme enfadado en la casa del árbol. Siento haberte dicho que enviaras aquel estúpido formulario. Es que siempre creo… —Tragué saliva—. Creo que quizá tú seas la única persona para quien puedo hacer bien las cosas. No pude salvar a mi padre. No pude proteger a Jemmy. Apenas puedo mantener a mi familia a flote… Pensé que debía darte la oportunidad de conseguir una vida mejor, mejor que la que tendrías conmigo. Y me convencí de que aquel era el modo correcto de amarte.

La observé, deseando tener el valor de confesarle todo aquello cuando estuviera despierta, cuando pudiera decirme lo mucho que me había equivocado.

—No sé si podré arreglarlo, Mer. No sé si alguna vez volveremos a estar como antes. Pero no dejaré de intentarlo. Es a ti a quien amo —dije, encogiéndome de hombros—. Eres la única persona por la que quiero luchar.

Había mucho más que decir, pero oí que la puerta del pabellón se abría. Incluso a oscuras, el traje de Maxon resultaba inconfundible. Me puse a caminar, alejándome de allí con la mirada gacha, como si estuviera de ronda.

No se fijó en mí; apenas me vio mientras se acercaba a la cama de America. Le observé coger una silla y colocarse a su lado.

No pude evitar sentirme celoso. Desde el primer día, en el apartamento de su hermano, desde el mismo momento en que supe lo que sentía por America, me había visto obligado a quererla desde lejos. Pero Maxon podía sentarse a su lado, tocarle la mano, y la diferencia entre sus castas no importaba.

Me detuve junto a la puerta y miré. La Selección había desgastado el hilo que nos unía a America y a mí. Y Maxon era un filo cortante, capaz de cortarlo del todo si se acercaba demasiado. Lo que no sabía muy bien era hasta dónde ella le dejaría acercarse.

Lo único que podía hacer era esperar y darle a America el tiempo que parecía necesitar. La verdad era que todos lo necesitábamos. El tiempo era lo único que podría arreglarlo todo.

Este libro utiliza el tipo Aldus, que toma su nombre
del vanguardista impresor del Renacimiento
italiano Aldus Manutius. Hermann Zapf
diseñó el tipo Aldus para la imprenta
Stempel en 1954, como una réplica
más ligera y elegante del
popular tipo
Palatino

* * *

* *

*

La Selección. Historias 1
se acabó de imprimir
un día de verano de 2015,
en los talleres gráficos de Liberdúplex, s.l.u.
Crta. BV-2249, km 7,4, Pol. Ind. Torrentfondo
Sant Llorenç d'Hortons (Barcelona)

* * *

* *

*